中公文庫

石原慎太郎・大江健三郎

江藤　淳

中央公論新社

目次

一九六八年

石原慎太郎

＊

怒れる若者たち

大江健三郎

石原慎太郎・大江健三郎

一九六八年

知られざる石原慎太郎

1　立国は私なり

考えてみれば私は、石原慎太郎と政治の話をしたことが一度もない。以前石原と大江健三郎と三人で、まわり持ちで飯を食う会をやっていたことがあるが、私の提唱で、食卓では政治の話をしないという中国人の故智に倣うことにしたので、少なくとも正面切ったかたちでは、石原と大江のあいだに論争がおこるようなことはなかった。

私たちは、たいがい文学の話をしたり他人の悪口をいったりした。文学はおたがいの仕事であるから、話がはずむのはあたり前である。話が近作の批評に及んだりすると、あの神経過敏な大江が、ものを考えている兎のように首をかしげて、案外率直に石原や私のいうことを聴いた。それは、活字になる場所では、めったに見せることのない大江の素直ない い面である。つまり、はじめから路線を決めて反対したり反撥したりするつもりになっていないときの、本来の大江のよさである。

編集者がいたり左翼の学者がいたりしない場所では、大江もつくり声を出さなくても済むということを、三ヵ月に一遍ぐらい確認できるのは悪くなかった。石原はといえば、私はいままでただの一度も、石原慎太郎がつくり声を出したのを聴いたことがない。彼はときどき素ッ頓狂なことをいうが、言々句々これ肺腑の言であることにかわりはない。困ったことに、ときどき肺腑をつく叫びが先に立って、言葉が思うようについて行かないので他人に誤解されるのである。まったく石原ぐらい、自分を説明するのが下手な人間もすくない。大江がどもりながらする自己解説は、もっともらしく聞こえて得であるが、石原が早口でいう観念語まじりの慷慨調は、しばしばなんのことだかわからないことがある。あれでいったい選挙に出て大丈夫なのだろうかと、のちに石原が選挙に出るという話を聞いたとき、私はひとりごとながら気をもんだものである。

そういえばあるとき、私は石原と大江の前で、福沢諭吉の「瘠我慢の説」の話をしたことがある。これは福沢が、明治二十四年の冬頃に執筆して、勝海舟・榎本武揚の両名に示した問責の書である。勝も榎本も福沢同様に旧幕臣であるが、在野の思想家・教育家として終始した福沢とはちがって、明治新政府に出仕し、台閣に列したり爵位を得たりした。三河武士の意地という観点からすれば、両人の行動は晩節を汚すものではないか、というのが福沢の非難の主旨で、勝はそれに対して、「行蔵は我に存す、毀誉は他人の主張、我に与からず我に関せずと存候」という有名な返事を書いてはねつけた。

私は、福沢という人も案外古いところのある人だった、というつもりでこの話をしはじめたのだったか、それとも「洋学先生」福沢の情熱の源泉が、実は封建武士道のなかにあったように、改革を推進するのはかえって意識されない旧い心情であることが多い、ということをいおうとしたのだったか、今ではもう忘れてしまった。忘れられないのは、「瘠我慢の説」の冒頭の一行、「立国は私なり、公に非ざるなり」という名文句を口にしたとき、石原が眼を輝かせて、

「そりゃいい言葉だな。もう一度いってくれ」

と要求したことである。私がくり返すと、石原は、

「立国は私なり、か。それからなんだって？　そうそう、公に非ざるなり、か。ようしわかったぞ。なあ江藤、こりゃいい言葉だなあ」

と大満足で幾度もくりかえした。そのとき石原が酔っていたかどうかは確かではない。たぶん彼は、ヴェトナムで罹ったヴィールス性肝炎の病後で、酒のかわりに平野水《ひらのすい》かなにかを飲んでいたのではないかと思う。しかしいずれにせよ、石原の昂揚ぶりははなはだ印象的であった。

大江健三郎から電話がかかって来たのは、その二、三日後である。

「この間はどうも」というような挨拶を、口のなかでボソボソいうと、大江はおっ、、、とり刀という調子で、

「ときに江藤さん、石原さんのテレビを見ましたか？」

とたたみかけた。大江の注進によれば、石原は某民間テレビの討論番組で、さっそく、例の「立国は私なり、公に非ざるなり」をぶちあげていたというのである。そして、この名文句が引用された討論の文脈は、私の解説した福沢の場合と大分ちがっていたというのである。

「石原さんはいったい『瘠我慢の説』を読んだのかなあ」

と大江がやや技巧的にいった。

「さあね、どうかなあ」

と私は答えた。古風な表現を用いれば、私は微苦笑せざるを得なかった。読んだにせよ読まなかったにせよ、石原が彼一流の早わかりで、福沢の言葉を石原慎太郎流に変形してつかったことは、火を見るより明らかであった。

知識は本から来ると信じ切っているような優等生肌の大江とはちがって、もともと石原にはブッキッシュ（学者風）なところがない。そのかわりに、気に入った言葉が見つかると、それを最初の文脈からすくいあげて、サッカーのボールをドリブルするように、蹴っ飛ばしたりはずませたりする癖がある。もう十年ほど前のことになるが、ある文芸雑誌の対談で、私が「批評家というものは砲兵のようなものだが、作家はいわば歩兵だ」と石原にいったことがある。私は、批評家がいくら新文学待望の論陣を張っても、肝心の作家が実作で応えてくれなければどうにもならない、というような意味でいったのである。そのときも石原は、「ふんふん」といってうなずいていたが、間もなくあちこちで「作家は歩兵で批評家は砲兵だ」というのをぶちはじめた。それはあたかも石原が一軍を率いて、鬼ヶ島に鬼征伐にでも出かけるような勢いだったので、私はやはり当惑せざるを得なかった。石原はこういうとき、自己流に変形した言葉を生きはじめているのである。これはもちろん学者や読書家の言葉に対する態度ではない。詩人の前では、言葉は記号から生きたなにものかに変貌するにちがいない。しかしそのときは詩人が言葉のなかに生きている。作家もふつうはこういう言葉に対する態度をとり得ないはずである。作家と言葉とのあいだには、通常もう少し厳格でもう少し恣意的な処理の利かない関係がある。石原の場合は、一見行動家の言葉へのかかわりかたに似ているが、彼はいわば、まずサッカーのボールのような名文句をすくいあげ、その反作用で行動を開始する。そこのところがただの行動家とちがうのである。

ボールは前後左右にはずみつづけ、あたかも彼をからめとるかに見え、彼もまたからめとられるかに見えるが、よく見ると石原の強靭な肉体の大部分はボールの軌跡の外側にのこっている。彼の口から「立国は私なり、公に非ざるなり」や、「作家は歩兵で批評家は砲兵だ」が発音されると、一種名状しがたいなまなましさが感じられる所以である。

つまりこの場合、名文句そのものの力に加えて、言葉そのものには決して内在していないある体臭のごときものがただようのである。これは美しい女優がなまめいたせりふを口にしたような場合とはちがう。石原は言葉の職人になり切れぬように、言葉の道具にもなり切れない。彼はつねにひとつの存在であろうとする。ひとつの存在であろうとする石原慎太郎が、その唯一の自己証明である肉体をひっさげて、名文句を生きている。これはまことに特異な言葉とのかかわりかたである。ある種の奇妙な天才がなければよくなし得ない破格な生き方である。

石原が参議院の選挙に出るという話を聞いたのは、それから数ヵ月後である。彼が文字通り「立国は私なり」を生きはじめたのは疑う余地がなかったが、それと同時に私は、ついに出たのかというのと、やっぱり出たのかというのとの入りまじった、一種複雑な感情を味わいもした。

私は、石原が自民党から立候補したことにひっかかっていたわけでは少しもない。石原はマルクス主義者でも社会主義者でもないので、革新政党に入党するはずがない。創価学会員だという話も聞かないから、公明党から立つはずもない。政治は力だと思っている彼が、無所属から立候補すればかえって不自然である。若い世代が反体制・反権力的でなければならないという流行思想は俗論にすぎない。なぜなら若者が反抗的になるのは古来生理の必然であるが、反体制は政治的イデオロギイの範疇に属する概念で、相互のあいだにもともとなんの因果関係も存在しないからである。

したがって、体制的若者が少しも悪を意味しないように、反体制的老人も少しも悪ではない。さらに反権力政党というのは論理矛盾である。自民党であれ、社会党・共産党であれ、およそ権力を志向しない政党はない。野党とは権力奪取に失敗した政党のことであって、反権力を存在意義とする政党のことではない。かりに百歩をゆずっても、三十五歳の石原はすでにそう若くさえない。すでにそう若くもなく、「立国は私なり」という国家主義を信奉し、政治が力であることを率直に認め、革命をおこさずに日本の社会を改善し得ると思っている石原が、自民党から立候補したのはきわめて当然である。ジャーナリズムが文句をつけたがったのは、石原があまりにも正直に、あまりにも率直にこの当然の行動をおこなったからにほかならない。さらにいえば、ジャーナリズムは、この当然の行動の説得力の強さに愕然とし、そのことに反感を持ったのである。

私が複雑な感情を味わったのは、だからそういう理由からではない。私はやはり石原を作家にしておきたかったのである。彼の肉体が老いるにしたがって、あの無意識の部分を少しずつ言葉がおおいはじめ、ついに石原という奇妙な天才が、まったく言葉の世界に表現しつくされる日を見たいような気がしていたのである。しかし彼はやはり「肉体」で勝負することに賭けた。「言葉」ではなしに。三十五歳の石原慎太郎はすでに青年作家ではない。しかし三十五歳の国会議員は疑いもなく青年政治家である。石原は彼にとっての基本的な問題を解決することなしに、同じパターンを二度くり返す道に賭けたのである。私は石原に手紙を書いて、選挙の手つだいはなにもしないが悪く思うな、一票入れるだけでかんべんしろといってやった。

選挙になると決まって党か人かという議論がおこる。私はこの議論の偽善的なところがきらいである。中学生時代からよく知っている友人が立候補し、私はその人間を信用している。それならそれ以上のどんな基準によって判断しろというのか。作家のままにしておきたかったのは私の勝手であり、政治家になろうとしているのは石原の意志である。この際その素志貫徹のために一票を投じるのは友達甲斐のうちである。「大義親ヲ滅ス」ということを私は軽々には信じない。福沢が「瘠我慢の説」で説いているように、国家を組織させるものが私情なら投票もまた私情をつらぬくべきであろう。選挙運動となるとこれは私の趣味にあわない。趣味にあわぬことをあえてひきうける必要はないが、私は彼に投票し、かつ身辺の者たちに投票を勧誘するのに少しもやぶさかではなかった。

まだ公示になる前だったが、あるとき石原から電話がかかった。「どうだ景気は」とたずねると、「あまりよくない、ボーダーラインらしい」という。たしか三月頃である。そして、

「おい江藤、おれはくたびれたよ。なにしろ官僚が強いからなあ」

と嘆息した。出たばかりでくたびれるやつがあるか、と私はいいかけたが、このときも政治の話はしなかった。疲れているときのくせで、石原はひどく神経質になっており、例のまぶたをピクピクさせる表情を電話の向こうでくりかえしているのが見えるようであっ

た。彼がどんな運動をしているのかは、まったく知らなかった。そのうちに前景気が上り、最高点確実というような情報が新聞に出はじめ、蓋をあけてみたらなるほど石原は三百何万票だかの空前の得票を実現した。そのうちに自分の一票がはいっていると感じるのは、悪くなかった。

石原の横顔が表紙になっている「週刊朝日」を見ると、こんな記事が出ていた。

《……こんなふうだから、会場の空気は、白んだり、緊張したりの連続だ。しかし、聴衆は、気がついてみると、石原氏の機関銃のような早口の弁舌に、とりこになっている──という寸法。話題も、ケネディ、ヒッピー、核問題、福沢諭吉……と多彩。

「福沢諭吉は、いいことをいってる。『立国とは公にあらず、私なり』と。この言葉を一つ、きょうはおぼえてかえってほしい」

かれは、大学の教授のごとく、啓蒙家のごとく、そして憂国の志士のごとくしゃべりまくる。それでいて、計算もあり、ユーモアもある》

「この言葉を一つ、きょうはおぼえてかえってほしい」か、と私はなんとなく愉快になって口笛でも吹きたくなった。

2　向上のシンボル・石原慎太郎

それにしても、なぜ石原は、三百万票を超える大量票を獲得したのだろうか。あるいは、なぜ石原は、圧倒的な票を得て最高点で当選しなければならなかったのだろうか。このことについて考えることは、おそらく石原の二つの面について考えることである。つまり、イメージとしての石原と個人としての石原との。

大量得票の基礎が、周到にはりめぐらされた組織票と巧妙な選挙戦術にあったことは、すでにしばしば指摘されている。しかし有能な選挙参謀と手をにぎり、確実に組織を押えたのは、石原の政治家としての慎重さ・堅実さのあらわれであって、プラスの要素でこそあれ少しもマイナスにはならない。この点に対するジャーナリズムの感情的反撥にはふたたび根拠がない。いったい私たちは、気分まかせ、風まかせという調子で、不確定要素だけしかない場所に賭けようというような政治家に、国政を委ねられるだろうか？　若いのだから新しいやり方があったはずだなどという批判には、さらに根拠がないことはいうまでもない。私たちは政治家の能力に委任するのであって、かならずしもその年齢だけに賭けはしない。若い政治家が定石を踏むことは、未経験という要素を計算に入れればむしろ当然のことというべきである。

しかしこの定石だけによって、石原は票を得たのではなかった。彼が三百万以上の有権者の信任を得たのは、石原慎太郎というイメージが、やはり明るいもの、建設的なもの、あるいは向上心の志向するもの、素朴に健康なものを代表していたからである。明治十六年六月にはじめて上京したとき、十六歳の正岡子規は叔父加藤恒忠に志望を訊かれて、「朝に在っては太政大臣、野に在っては国会議長たらん」と答えた。少年の客気愛すべし。この素朴な立身出世主義の背景に、明治維新が解放した向上のエネルギイが渦巻いていたことはいうまでもない。同じ向上のエネルギイは、今日の日本にも渦巻いている。単にいわゆる立身出世主義が、公式には否定されているというちがいがあるだけである。石原はおそらくこのタブーを破ったのである。

以前NHKのテレビで、朝日の辻豊氏とお話する機会があったとき、辻氏が移動特派員として全世界をほとんどくまなくまわって得た印象を聴いて、なるほどと思ったことがある。辻氏によれば、日本民族はおそらくかつてのアラブ民族の興隆期に匹敵するような興隆期に際会しているという。そのことは、私自身が外国に出るたびに感じていた印象の一面を裏付けるもので、おそらく巨視的にいえば正確な観察ということになるのだろうと思われる。ところで国際的にこれほど向上の意欲をもやし、しかも現に向上しつつある国民が、国内的に向上のシンボルを欲しないはずはない。日本の民衆は、自分が権力者に利用される被害者で、苦しいけれど我慢してなにかを守っているのだと考えることに、そろそろ飽きはじめていた。守るのではなくて建設することに、暗さにおびえるのではなくて明るさを獲得することに、あるいは耐えるのではなくて向上の意欲をそのまま認められることに、魅力を感じはじめていたのである。

石原はいわば「太陽の季節」の主人公が障子を破ったように、戦後の形骸化したタブーを破った。彼を支持した大衆は、タブーの不自然さを無意識のうちに痛感していた大衆である。民主主義は守るべきものというより、むしろこれから時間をかけてつくり上げるべきものであること。そしてそれは議会の枠内に建設されるべきものであること。核は積極的に開発されるべきであること。その心理的効果は、いうまでもなく唯一の被爆国民であるという自己処罰的コンプレックスから、日本人を解放することである。そしてまた日本人の経験したすべての戦争が侵略戦争だとは決していえないこと。

石原が説いて歩いたこれらの諸点は、国外から日本を眺めた場合には、ほとんど簡明な常識の域に属する問題である。国内の進歩陣営の間でさえ、政治的専門家はこれらの諸点に触れずにはどんな積極的な政策も立てられぬ状態におかれているといってよい。知らぬは国民大衆ばかりという、戦後日本の政治の密教的部分を、石原はあえて顕教に転化させつつ三百万票を獲得した。これを単に彼のタレント的人気のせいだと過小評価するのは、彼に投票した有権者を愚弄する態度にほかならない。石原の得票は、参議院の権威回復を主な論点にして当選した青島幸男の得票とは性格がちがう。嫉妬深いジャーナリズムが、石原の力に対する反感から青島を持ち上げているのは、問題の所在をあいまいにさせるものである。

シンボルとしての一面を、石原の虚像だといえば不正確になる。公人としての彼は、まさにそのまま向上心その他の美徳を代表しているからである。彼の無意識な部分にひそむ純朴な、健康なものをさえ、おそらく三百万人の人々はみのがしはしなかった。だがしかし、石原はなぜ圧倒的な得票で、しかも最高点で当選しなければならないと考えたのであろうか。党内の発言権を確保するためという説明はもっともらしいが、選挙に強いのは政治家の必要条件にすぎない。圧倒的得票がかもし出す党内の反感を計算に入れれば、これはむしろマイナスの要因になりかねないものと考えられるからである。

ここにあらわれているのは、石原の資質の文学的な一面である。まだ高校生のころ、三越劇場に福田恆存の「キティ颱風」という芝居を観に行ったことがあった。幕間にロビイに出てみると、ひとりの美少年がソファに腰掛けて長い脚をつき出し、眉根にしわを寄せて深刻な顔をしている。そばに行ってみたらそれが湘南中学（旧制）でいっしょだった石原で、彼はニコリともせずに、「君、この芝居がわかりますか。これは実に難しい芝居だなあ。ぼくは今一生懸命に考えてるんだ」

といった。そういう彼のまぶたはピクピクふるえていて、「一生懸命に考えている」のが気取りでもてらいでもないことがよくわかった。これはもちろん石原の神経質な側面であるが、ここからおそらく彼一流の自己劇化の衝動が生れる。つまりかっこうのいい絶対者の地位に自分を置いておかなければ安心出来ないという焦躁が生じるのである。「太陽の季節」から「ファンキー・ジャンプ」にいたる彼の作品の詩は、ことごとくこの自己絶対化の希求から生れているといってもよい。同じ衝動が実人生にあらわれれば、それは権力意志、あるいは虚栄心と呼ばれる悪徳になる。

マックス・ウェーバーは、たしか政治家がもっとも自戒しなければならぬ悪徳に、この虚栄心をあげていたと思う。芸術家や学者にあっては、虚栄心はしばしばすぐれた作品や研究を生む原動力になることがある。それは芸術家や学者の仕事が本来孤独な自己追求だからであるが、政治家は逆にいつも人と人のあいだにいなければならない。いいかえれば彼は成熟した人間でなければならず、相対化の荒波に耐えられなければならない。さきほど私が、石原は基本的な問題を解決せずにふたたび青年の役まわりを引受けた、といったのはこのことである。『亀裂』以後、作家としての石原のモチーフは少しも展開されずに終っている。彼はいわば、青年から壮年になる門口に立ち止ったまま、文学を政治と置きかえたのである。彼は果してふたたび成熟を拒否し、孤独に逃げこみ、情熱と責任感と目測とを兼備した政治家に大成するかわりに、国会に議席のある成長のとまった小説家にならないであろうか。

私は石原にそうなってほしくはない。この際私は、彼に政治家としての修練を積むようにすすめたい。彼の文学者としての資質は、政治家石原慎太郎のためにはむしろ耐えなければならぬ負債と心得ねばならない。石原に総理大臣になる可能性があるかどうかなどというのは、軽薄なジャーナリズムの無責任な放言であって、虚栄心が大衆社会の政治家の最大の敵となりつつあることは、殷鑑《いんかん》遠からず、かのケネディ兄弟の悲劇が明示するところである。内閣を組織するのは、修練の結果であればいい。

しかしそういうそばから、私の前には開票日の夜、NHKテレビで青島幸男と上田哲にネチネチとからまれていた石原の顔が浮かんで来る。あれは文士の、まごうかたなき小説家の顔であった。政治家として鳴物入りで登場した瞬間に、あんな救いようのない文士の顔をする石原慎太郎とは、いったいどういう人物だろうかと、私はつくづくその奇妙さを思ったものであった。

石原という男は、「無意識過剰」な男だと私は以前から考えている。彼は「無意識過剰」のうちに昭和三十年代のマス・ジャーナリズムの扉をあけはなち、「無意識過剰」のうちに昭和四十年代の政治的タブーをこわしつつある。彼が最初に来る者であることは疑う余地がない。願わくば石原が最後に笑う者であることを。十年ほど前、吉祥寺に住んでいたころ、「政治は母と子のために!」といって流して歩いていた代議士がいた。ふざけちゃいけない。母と子だけで日本人が成り立っているわけではない。石原慎太郎は、「母と子」のための政治などというみみっちいものをではなく、日本人のための政治を考えてくれなければならない。そしてもちろんそれを実行してくれなければならない。
私は今後とも、石原と政治向きの話をしたいとは思わない。人にはそれぞれ向きというものがあり、私の向きは石原のとは大分ちがっているからである。彼が行動家の道を進むとしても、私はやはり記述者の位置にとどまっていたい。そして彼をも含めてこの時代に生きる者たちの、栄光と悲惨を記録する者でありつづけたい。

（「婦人公論」一九六八年九月号）

私にとって『万延元年のフットボール』は必要でない

聞き手　秋山　駿

秋山　……ところで、ぼくも聞きたいのですが、大江健三郎の『万延元年のフットボール』をお読みになりましたか。

江藤　じつはこの間「群像」で対談して〔一九六八年一月号「現代をどう生きるか」〕、率直な感想を大江さんに直接いったばかりです。ぼくはまず『個人的な体験』以後、大江さんがどうも文学的にさほどの進境を示していないような気がする。ただ、小説をつくり上げる上で、つじつまを合わせる技術のほうは大分うまくなっていると思います。

大体あの小説は読んでいて感動がないのです。小説というものはやはり自分を問い詰めていくものだろうと思うのですが、あれはまずそこが逆になっている。最初にドッペルゲンガーが設定されていて、行動者と傍観者の対置がある。これは劇といっても古典的な劇とはまた少しちがって仮面劇とかグラン・ギニョールの設定に似ている。あるいはバレー、そういうものの書き方に似ている。小説の書き方と逆の発想が行なわれている。自縄自縛しているようなものです。これは登場人物の名前にもよく現われていて、蜜三郎と鷹四という変てこな象徴的な名前がつけてある。自分を問いつめるかわりに、童話劇的仮面を持ち出している。大江さんの小説にああいう奇妙な名前の人物たちが出現しだしたのは、いつごろからでしょうか、『叫び声』ぐらいからかな。それまでは「ぼく」と「弟」、「私」とか「娼婦」というような規定の仕方でしたね。これもちょっと危険ともいえる。「花子」という「娼婦」はただの「娼婦」とはちょっと違いますから。最初のころは「ぼく」とか「私大生」というふうな名前のつけかたでした。『個人的な体験』ではバードというのが出てくる。初めに規定があるのです。読者よ、おまえたちは、この規定を認めろよ、ということから始まる。これは読者の自由をうばって、作者の支配下に強引にねじふせようというからくりだから、フェアじゃない。あれは「民主的」でないじゃないかといったら大江さんは大分不満のようでしたけれども。

秋山　不満でも、それは感ずるところですね。どうしてそういう名前ばかりにしなければいけないのか、とやはり思ってしまう。ほかの名前にしたときに、あの世界が成立つのかという、そういう性質をもっておりますから。

江藤　これはどういう意図でいったのか知らないけれども、大江さんは意識的に文体を変えているとか書いている最中に言っていましたね。しかしぼくは、意識的に変えているのじゃなくて、単に書きづらかったのだろうと思っているのです。その証拠に後半になると動きだすでしょう。あそこで文体が少しまた最初のと変っているのです。これはかれのいつもの調子のいい文体にかえっている。それだけ読みやすくなってはいますけれど。これは非常に単純なことで、世間がそんなこともわからずにいるのは少しおかしい。日常語を拒否していくというか、日常語が使えない世界を作っていくこと。これは作家が外界を喪失していることから来る苦肉の策でしょう。小説家にはもちろん詩的な表現をする自由がありあます。批評家が単なる仲介者にとどまらず、自分の表現を駆使する自由があるのと同じように、小説家にだって詩的な言語を駆使する自由は当然ある。しかし散文性という一点だけは、やはり小説であるからには離れられないところがある。散文性というのは、ことばの猥雑な日常的な部分ですね。そういう要素をとりこむことができないというのは作者が最初からそういう現実を回避しているか、それに一旦直面せずに切りすてているからだと思うのです。そういう根本的な疑問を感じます。

しかしあの小説には、一ヵ所だけぼくに忘れられない場面がある。それは菜採子が蜜三郎に「私たちがもっとお互いに絶望していれば、お互いにやさしくなれるのにね」というところです〔第6章〕。ここのところだけはことばが突然肉迫して来るような真実味がある。これこそあの小説の本当のテーマじゃないかと思ったのです。作者は実は「万延元年」を書いているのでもなければ、「フットボール」を書いているのでもない。あの小説で自分の存在に触れた切実な問題として展開しなければならない問題、それなのになぜか展開せずに終っている問題が、あそこにはからずも露呈されていると思いました。この菜採子の言葉に対して蜜三郎は答えない。これは決定的なことなんです。

ぼくは私小説的な意味でいうのじゃない。小説のロジックの必然性からいうのです。二人の人間がいて共同生活をしている。このあいだにもろもろの家庭的不幸があって二人の間の人間的・性的コミュニケーションが断絶しているという設定でしょう。この二人が自分たちのあいだにあるものを見究めたらどうなるか。そうしたらもちろん絶望しか出て来ないかも知れない。だがもしお互いに絶望した人間が、それにもかかわらず一緒に生きて行くためにはどうしたらいいかという問題は、ここからかならず出て来るでしょう。そこにはじめて「社会」というものの、いちばんプリミティヴな要素が成立する。そうなれば大江さんが、『われらの時代』以来失い続けている現実への手がかりが、そこで高次元に回復される芽があったと思うのです。なぜそこを書きこまなかったか。それは単に「社会」を回復するだけではなくて、「永遠」という問題に対する契機を得ることだとも思うのです。この契機がいずれもみのがされているために、「本当の事をいおうか」というモチーフが、只のレトリカル・クエスチョンになってしまう。あの小説で種明しされる「本当の事」は、偽せの「本当の事」にすぎない。鷹四のアイデンティティは、じつは偽せのアイデンティティで、蜜三郎にとっては「本当の事」はなかったというふうにつじつまが合ってしまう。これはもちろん作者が「本当の事」を見ようとしていないからです。そして最後にまたアフリカが出て来る。最後にアフリカがでて来るところはまったく象徴的で、『個人的な体験』と今度の『万延元年』は符節を合わせている。

秋山　平仄が合っている。

江藤　日本人にとって「アフリカ」とはなんですか。なんでもありやしない。ヨーロッパ人にとっての「アフリカ」は重大な存在論的問題ですけれども。だからさっきいいましたように、この新作には進境が見られないと思うのです。もし作者が一歩でも進んでいれば、ここはアフリカではなくて日常生活がでて来るはずでしょう。意味もなく、凡々たる平俗な日常生活。それに耐えている主人公がでて来るでしょう。そういう幕切れになっていれば、どんなに感動的だったか知れないと思います。しかしそうなるようには最初からできていない。そして途中から主題がズラされてしまっているのです。

秋山　あれは確かに、最初の部分のほうがいちばんよくて、うしろにいくほど後退していますね。「本当の事」を言うぞという、その実態というものは明らかに感ぜられるようにはないわけですね。

江藤　最初の部分の読みにくさについていえば、非常に自己閉鎖的なスタイルで書かれているために読みにくいんだけれど、本当の事を言おうか言うまいか、それが、あるのかないのかという作者のためらいもにじんでいる。イメージを一ぱい重ねているつもりなのでしょうが、それが少しも生きて来ない。それはおそらく作者が腰が定まらずに書きはじめているからでしょう。しかし、そんなふうにして書いているうちに、ふっと一ヵ所、ほんとうのテーマになるべききっかけを書いてしまった。これはあの人の資質のよさだと思う。

大江君という人はごま化すことのうまい人で、あまり信用できない点もありますけれども、それにもかかわらずやはり信用することにしているのは、ああいう本音をどこかで吐いてしまうところがあるからです。そこを信用するから、ぼくはなるべく思った通りをはっきりいうことにしているんです。いいにくいことだけれども。

秋山　ぼくはあれを読んだとき、そういう本当の問題をかくして、ああいう会話をやりとりすることが現代的であると思った人が書いた小説だというぐあいに思いました。

江藤　しかし、そうだとすれば、かくしていることが行間から浮かび上がってくるように書けていないと困るでしょう。かくしているというより見過しているのでしょう。

秋山　なるほど〝ひどい〟批評ですね。

江藤　それに近いことだと思う。かくすならば書き方が初めから違わなければならない。かくすことはあらわすことだもの。

秋山　大江健三郎が、あの小説、自分で政治小説にも読めるようなことを言っておりますね。

江藤　それは、現代の流行作家の宿命だと思うのです。いろんな要求に同時に答えなければならないから。まず、彼は現代文学の旗手だから「新しく」なければならない。いま日本人は非常に政治的な時代に生きているから、そういうことに見あった問題も提出しなければならない。またかれ自身コミットしている政治的立場があるから、それにもある筋を通さなければならない。小説家だから自分のことも考えなければならない。いろいろ、多種多様な要求に応えつつうまいぐあいにつじつまを合わせようとする。そういう技術はとてもうまくなっている。

秋山　ぼくは会社にいるから見るのですけれども、あまりインテリでもないような人たち、もっとも普通の文学にも遠い種類の人たちが、まるであいう大江健三郎の小説を聖書のように読んでいますね。読んで何をどう思っているか、はっきり聞いたことはないけれども、なんだか作者はそういう読者を非常に意識して書いているのじゃないかという気がしますね。

江藤　ぼくも同感です。しかしこれはどうも困るのですね。つまり、自然観とも関係するけれども、小説家は神になることを許されていない。小説家だけではないけれども。この神はもちろん八百万の神の一柱です。それはどうも猥雑でかなわない。

秋山　この『万延元年』で一段と神のほうに昇ったかもしれない。

江藤　疑いもなく昇ったでしょうね。だからこそ菜採子と蜜三郎の会話にかくされている「永遠」の契機を、大江さんにほんとうに真面目に考えてもらいたかったと思います。

秋山　それを考えたら、素晴しい小説になりますね。

江藤　ええ。単に職業批評家としてでなく、一個の素朴な読者として読んだ場合、人はどういうふうに生き延びて行けるのかということへのサジェスションがほしいと思う。かれに回答を与えてくれとはいわない。そんなこと、だれにも言えやしないけれども、ただひっそり考えてくれればいい。そういう契機はあの小説にはないのです。したがってぼくはこの作品は自分にとっては存在しなくてもかまわないと大江さんにいったのです。『抱擁家族』はおそらく存在しなければ困るだろう。夏目漱石の作品はもちろん存在しなければ困る。しかしこのままのかたちなら『万延元年』は存在しなくてもかまわないといった。われながらひどいことを言ったものだけれど、べつに反省はしていないです。

秋山　「本当の事」というのを蜜三郎と菜採子との間において、永遠などというものがプリミティヴな形ででも現われるようであれば、一人のほんとうの同じことをやっている共同者が現われるわけですね。ところが現状では現われていないわけですね。

江藤　『成熟と喪失』的論理でいえば、蜜三郎は、自分が属する集団から孤立するということをひどく恐れている。非常に奇妙な罪悪感のとりこになっている。あれは『海辺の光景』などに端的にあらわれていた〝母〟的なものの喪失感の一つのヴァリエーションだと思います。一種の幼児的心情です。だから、あの中には正確にいえば個人も出てきてはいない。したがってああいうふうなバレー的、マスク・プレー的設定をしないと書けないのだろうと思うのです。個人が出てこなければ近代小説にもならない。アンチ・ロマン、ヌーボー・ロマンを考えても、個人が、どういうふうに崩れていくかということを書くテクニック、あるいは現実の見方、態度でしょう。その契機も出てきてはいないのですね。個人になろうとすると、そこで妙な倫理とも違う意識が出てきて作者をしばる。

秋山　恥とか。

江藤　そうです。それだってもう少し日常的に再投入されていれば、もっとずっとリアリティがあるのだけれど。

秋山　本当のものというより教養的な、文学的な主題ですね。倉橋由美子的でもある……。

江藤　「恥」というよりは「オント」ですか。だから、こういうせりふは、文芸時評家の常套句ですけれども、大江さんも大変むずかしいところにきている。それにしても、批評家はああいう作品を批評する場合、ほめるにしろ否定するにしろ明確な根拠をかかげて、もっとちゃんと批評しなければいけませんね。そういう批評がほとんど見当りませんね。トミ・コウミしているのばかりで。

秋山　安部公房さんの文学についてはどう思われますか。大江さんに対するのとは異った観点がおありだろうと思います。『友達』や『燃えつきた地図』などを読むと、あいまいで、複雑そうで、わけのわからぬ現代性というものに挑んで悪戦苦闘している一つの顕著な小説のように見えますが。

江藤　『燃えつきた地図』はまだ読んでいません。近いうちに読もうと思っていますけれども。安部さんという人は、一所懸命に見るのを拒否しているところのある人だと思っています。その結論からはじめちゃうのでわかりにくいんですね。拒否しなければならぬ過程を書けば面白いんでしょうけれど。

秋山　石原慎太郎さんが、参議院選挙に自民党から立候補するということについて、どうお考えですか。同世代の文学者として、文学のありかたとか、文学と現実のかかわりかたとか、政治と文学という問題に関して、いろいろ特別の関心がおありだと思いますが。

江藤　石原君という人は、「無意識過剰」だと、ぼくはつねづねいっているんです。以前、もう七、八年前に「石原慎太郎論」(「中央公論」一九五九年十二月号)というのを書きましたけれど、最近読み直してみたら、別に訂正の必要をみとめませんでした。あの人は「英雄」なんです。ただ「無意識過剰」で、計算したりつじつまを合わせたりできないので、救われてるところがあるんです。

(「私の文学を語る」抄録　「三田文学」一九六八年一月号)

石原慎太郎

石原慎太郎論

1

≪……
今歳《ことし》水無月《みなづき》のなどかくは美しき。
軒端《のきば》を見れば息吹《いぶき》のごとく
萌えいでにける釣《つり》しのぶ。
忍《しの》ぶべき昔はなくて
何《なに》をか吾の嘆きてあらむ。
六月《ろくぐわつ》の夜《よ》と昼のあはひに
万象のこれは自《みづか》ら光る明るさの時刻《とき》。
遂《つ》ひ逢はざりし人《ひと》の面影
一茎《いつけい》の葵《あふひ》の花の前に立て。
堪へがたければわれ空に投げうつ水中花《すゐちゆうくわ》。

金魚《きんぎょ》の影もそこに閃《ひらめ》きつ。
すべてのものは吾にむかひて
死《し》ねといふ、
わが水無月《みなづき》のなどかくはうつくしき。》

この詩を美しくないといえば嘘になる。これは伊東静雄の「水中花」であるが、この絶唱がおよそ十年ぶりに想いおこされたのは、贈られた小冊子のなかにたまたまこれが引用されていたからである。かつてこの詩は私のなかにひとつの文学的体験をのこした。その体験はおのずとひとつの「美」の基準をかたちづくるほどに強烈であった。当時、私はこの詩人について何も知らず、彼が生きているのか死んでいるのかも知らなかった。時はすでに伊東静雄の時代ではなく、街には水中花のかわりに焼跡のほこりが散乱していたから、私はまったく個人的に彼の作品を読んだのである。

文学的体験というものは、かならずしも食後の音楽のようなものではない。それは遊戯的ではなく、むしろ荒々しく、原始的である。このような体験は、いわば自分のなかに眠っている過去に逆照明をあてて、その意味を啓示するといった性格を持っている。伊東静雄の詩は、私の脳裡に刻みつけられていた敗戦直前の空の碧さの意味を教えた。そのころ、天は地上に降り来ていた。時間は停止していた。いっさいは欠伸がでるほどのどかで、無責任で、性的な甘美さにみちみち、銀色の翼をかすかにふるわせて航跡を描いていく敵機の軽快な爆音が官能に媚びていた。その風景――見るまに山の緑から葉脈のひとつひとつがうかびあがって来るほど鮮明な風景のなかには、「死」がかくされていた。私は、そのとき、当時の自分が意識の奥底で、

《すべてのものは吾にむかひて
死《し》ねといふ、
わが水無月《みなづき》のなどかくはうつくしき》

という歌に唱和していたことを識ったのである。

この場合、「美」の基準をなしているのは「死」である。「死」の到来が予感されることによって、時は停り、現在だけがのこる。「忍《しの》ぶべき昔はなくて／何《なに》をか吾の嘆きてあらむ」というのはおそらくこのことをいっている。そのとき、「……夜《よ》と昼のあはひに／万象のこれは自《みづか》ら光る明るさの時刻《とき》」の特権的な美しさが自覚される。私は日本の詩歌の抒情がこれほど強いしらべを得た例をほかに知らない。この抒情は、そこにひとつの思想を含むことによって、すでに単純な抒情ではなくなっている。つまり、そのなかにはあの異教的な、しかし甘美な死の思想が白刃のように光っている。

最近、ある新進作家が、自分は日本文学の伝統的な抒情と絶縁したところから仕事をしている。湿った抒情をかわかすことに努めているというのを聞いた。これがこの作家の個

人的な意見か、あるいは今日の俗説であるかは知らない。だが「水中花」に結晶した死の思想はいささかも湿ってなどいない。どの日本人が、この思想と「絶縁」できるであろうか。ましてどの作家が、それと「絶縁」したところから仕事をはじめなどできるであろうか。なぜなら、この国で、かつてここにみごとに結晶されている、「死の思想」ほどに普遍的な、強力な思想は生れなかったから（拙論「神話の克服」参照）。美しいものはすべて滅亡に、したがって死につながるという論理が、その思想にはかくされている。

　あらゆる強力な思想がそうであるように、「死の思想」もそれを完結すべき行為を要求する。つまり、この思想によってたとうとする者は、生きることを拒否しさえすればよい。生きることに附随するもろもろの相対的な関係、不安定な位置、居心地の悪さなどを、「美」という観念の外側においやってしまいさえすればよい。いうまでもなくこの操作はきわめて観念的な操作である。だが、死が「美」であることを信じえた瞬間に、彼はなにものによっても相対化されることのない一個の絶対者になる。責任も解除される。現実は遠のいて行き、あとには薄明の陶酔がのこるにすぎない。戦争や革命のときには、このような状態は漠然とした「正義」によって保証される。文学が信じられているところでは、彼は文学の名によって生きることを拒む。が、基本的には、ただ生きることを拒否できると信じさえすればよい。そのあとに放恣な官能の解放があるとすれば、さらに彼をあの相対的な関係にとどめておく理由がなにもないからには、誰が好んで自分からこの特権を放棄するであろうか。

この思想は、われわれをたやすく絶対者にするが故に、異教的な、したがって地方的な思想である。人間が、人間以上でも以下でもない場所で生きつづけていくためには、人間を超えた価値が存在しなければならない。かりにこの価値をあたえるものを神というなら、神はわれわれをたえず相対化する。その前では特権的な死などというものはない。それを願うことは倨傲であって、人間は自分の意志でそうやすやすと生きることを拒めるほど自由ではない。この拘束——それはかならずしも神による拘束でなくてもよいが——を識ることによって、われわれは自分が人間であり、それ以上ではないことをはじめて識るようになる。この場合異教的という言葉を、なにものによっても拘束されない人間であるかのように、といいかえてもよい。「死の思想」を奉じるものはかぎりなく「自由」である。すべてが許されていて、なにも恐れることはない。彼にとって、自分を相対化する他者などというものは存在しないからである。

大空襲のとき、美しく炎上する東京の空を眺めながら、私はあの下に一軒の家ものこっていなければよい、東京が全く滅亡していればよい、と希ったことがあった。あたかも「東京」という名前が滅びることによって現実が一変するとでもいうように。そのようなとき、人は焼け出された被災者の存在を拒んでいる。彼らは現に生き、生活していることによって「美」から拒まれている。しかし、「水中花」を古本屋の書架の上にあった詩集

『反響』のなかに見出したとき、空はすでに碧く澄んではいなかった。「わが水無月《みなづき》のなどかくはうつくしき」という詩句は、ねぼけた曇り空にあやうく呑みこまれていきかねぬ有様であった。つまり、日常生活というものがすでにはじまっていて、そこで「美」の観念に固執し、生きることを拒めば、身辺の他者のひとりひとりに実害が及ばずにはいない。実害が及ぶということは、すでに自分の行為と他者とのあいだに相対的な関係が生じるということであって、このとき私は、「美」と現実とのアイロニカルな関係を発見しなければならなかったのである。

生活の論理が支配しはじめた時代に「死の思想」で自分をよそおおうとするのは、バラックのなかで鍵のかかる個室を求めるのにひとしい冒険である。死の論理の支配する時代に、美しく英雄的であった行為は、ここでは間がぬけていてこっけいでしかない。「水中花」の美は、私にとっては過去の喚起であると同時に、反時代的な、不可能な価値の象徴をなしていた。私は「死の思想」が生活の論理にとってかわられたものと信じ、そのことを信じるが故に、伊東静雄をひそかに耽読した。

しかし、文学的体験というものは人をあやまりやすいものである。戦後の文学から、あの異教的な抒情はいったん影をひそめていたかも知れない。だが、崩壊はたちまち「自由」という観念——すべてが許されていて、なにひとつ恐れるものはないという思想によっておおわれたのである。かつては「自由」は「死」と、したがって「美」とむすびついていた。今は、それは「生きること」と、したがって「権力意志」と結びついたのである。以前には「自由」は死のために生きることを拒むというかたちをとったが、今や自らの生のために、他者の生をじゅうりんするというかたちをとる。人は雄々しい英雄から、卑小な絶対者になりかわる。新しい、うす汚れた神々が登場して神話の時代を形成しはじめる。つまり「民主主義」は、もっぱら神の論理ではなしに、異教の論理に支えられてこの国にむかえられたのである。ここで一貫してぬけおちているのは、あの相対的な、日常生活の次元に対する認識である。私がこのことに気づくためには、十年余りの歳月を経て、新しい神々が文学的作品のなかに登場することが必要であった。もちろん私のいうのは石原慎太郎氏の「太陽の季節」のことである。これは小説で「水中花」とは似ても似つかぬ作品であるが、そこからあたえられる体験の質は似ている。この未完成な作品が、このような荒々しい昂奮をもたらすのは、おそらくそこに、結晶しかかった「死の思想」がかくされているからにちがいない。かりにそうだとすれば、この異教的な衝動は、石原氏にどのような道程を歩ませ、今後どのような道程を行かせようとするのであろうか。

2

「太陽の季節」の主人公をかりたてている衝動は、「孤独」になりたい、という衝動である。

《彼は唯そうしたかったから思い切って行って満足するのだ。彼にとって大切なことは、自分が一番したいことを、したいように行ったかと言うことだった。何故と言う事に要はなかった。行為の後に反省があったとしても、成功したかしなかったかと言うことだけである。自分が満足したか否か、その他の感情は取るに足らない。それ故彼は、〝悪いことをした〟と自らを咎めることが無かった。彼には罪を冒すことが有り得ないのだ。が人々はその行為の外象により彼を判断する。彼はその内容によって自分をとらえる》

（「太陽の季節」）

「行う」ことは拳闘の試合でも情事でもよい。それは「孤り切り」になることのできる行為であり、相手の選手や女のあたえる抵抗感が彼の「孤独」――「自由」を確認させるからである。本来孤独であるはずの自分が、試みられ、抵抗をのりきることによって一層絶対化されていく。すべては許されていて、咎めるものはどこにもいない。いっさいの価値の基準は自分に内在している。したがって彼は批評や倫理の外にいる。換言すれば、彼は生活というものを拒否している。このような人物を、一個の絶対者といってよいだろう。しかし、この絶対者には、異教の神々にふさわしい自己満足のかわりに、たえまない焦立ちがある。なぜだろうか。

おそらく彼は自分の「孤独」が権威づけられることを求めているのに、その希求が裏切られつづけるからである。彼は「自由」であると主張するが、そのことを確認する基準は彼のなかにしかない。そうである以上、彼の「孤独」、彼の絶対性を他者に納得させることができない。その意味で、彼の行動は無意味であることによって成立し、決して客観性をもつことがない。その意味で、この行動は子供の行動に似ている。子供の行動に客観性をあたえて正当化するのは母親の視線であるが、彼もまたたえず自分の「孤独」を正当化してくれる超越的な価値を求めている。それが欠けているために空は碧く澄まない。彼の世界は「水中花」の堅い結晶をうるかわりに、混濁し、方向をうしなう。彼は絶対者であるが、卑小な絶対者にすぎないのである。

「太陽の季節」を書いて文壇に登場したころ、石原氏は、主人公の焦立ちの解決を情事の陶酔に求めようとしていたかにみえる。

《ヨットは次第に均衡を持ち直しながら、ゆらゆら揺れている。それは二人にとって嘗つて知り得なかった、激しい陶酔と歓楽の揺り籠ではなかったろうか。英子も竜哉も、その時初めて互いの体を通して、捜し求めていたあの郷愁のあてどころを見出したのだ。二人は時折、ふと動作を止めてじっと耳を澄ました。ヨットは相変らず水を叩いて揺れている。それを確かめると、眼を覚し自分の周りを見て満足し再び眠る赤ん坊のように、二人はもう一度夢を見始めるのだ》(「太陽の季節」)

堀辰雄にならっていえば、この特権的な状態を Zweisamkeit と呼んでもいいだろう。

このZweisamkeitを抱いているのは夜の海の自然である。情事は主人公たちを「郷愁」のかなたにつれていく。それが一種の胎内感覚のようなものであることはことさらにいうまでもない。彼らは「孤り」ではないが、「孤り」でないことによって一層充足した「孤独」にひたって行く。恋人たちはお互のなかに断絶した他者をではなく、自分の「郷愁」のあかしを発見している。彼らは天地を創造する異教の神々のように、特権的な絶対者の位置を感じえているのである。だが、陶酔が覚めると「愛」が生れる。陶酔は自己充足であるが、「愛」はおたがいの存在を相対化し、「自由」ではなくしてしまう。なぜなら、それは他者との間にしか生れないもので、本来倫理的な性格の行為だからである。ここで、「孤独」を保証するための行為が、逆に人間のあいだに彼をつれもどし、彼を拘束するという背理が生じる。彼は直進しうるものと考えていた。が、気がついてみると、道はどこかで屈折し、彼は訣別してきたはずの生活のなかに帰りついている。ここでこのような背理のなぞに眼をむけるなら、彼は正統的な文学作品の主人公になるだろう。しかし、「太陽の季節」の主人公は、ここにいたってもなお、ただ拘束を拒否しようとするだけである。

彼のなかには「英子に対する残忍な習性」がよみがえり、主人公は恋人の存在を破壊することによって、束縛からのがれる。彼が自由である以上、この行為は罪ではない。しかし、この破局にたちいたっても、主人公はなんとたやすく「自由」になってしまうであろうか。恋人の葬式にのりこんで祭壇を破壊し、「貴方達には何もわかりゃしないんだ」という怒声を一座にあびせかける彼は、なにひとつできないことがない者の不毛な「自由」にうしろめたさを感じ、そう感じる自分を甘やかしている。彼は「自由」であるのに、権威づけられていないためその正当さをみとめられない。死んだ恋人は、「死」によって権威づけられ、写真の額ぶちのなかで完成された形式をえている。彼女こそが真の絶対者である。彼女の微笑は、「死」という無限の自由からみれば、彼の怒号がいかに無力であり、彼の「自由」がいかに卑小なものであるかを思い知らせずにはいない。主人公はこの事実を香炉を投げつけることによって、破壊しようとする。しかし、人は生きているものを破壊できても、死者を破壊することはできない。彼の怒りはその敗北をかえってうきださせるだけなのである。

「太陽の季節」の主人公は学生であった。『亀裂』の主人公は大学院在学中の新進作家である。彼らが成熟していくように、作者もこの間にいくらか成熟している。石原氏はすでに情事の陶酔に「郷愁」のあかしをみることができなくなりかけている。『亀裂』の主人公もまたいくつかの情事にふけるが、彼と女との間には亀裂があって、特権的な瞬間はおとずれない。

《涼子を見守る内、明の胸をまた、焦躁を伴った不安が過ぎる。それは嘗て彼から離れた所にいる涼子に対して感じたものとは明らかに違っている。涼子は今間近にいた。そして恐らく、他の誰もが知らぬ彼女のある真実を今明は知っている。がまた、それを知りながらも自分が彼女に対してそれを知らぬ他の誰とも結局は同じ局外者でしかないのが明にはわかるのだ。その不安はそれ故に生れたものではなかったか。……

明は二人の置かれた孤独の次元の異質さを、今、何故かはっきりと感じたのだ。それは虚しく焦立たしい隔絶感でしかなかった。そしてその落差の内に明は、この白くか細い、涼子とその肉体がめくるめくような輝かしさと、身を覆われてよろめかされるような激しさで避けようもなく自分を魅きつけているのを感じていた》(『亀裂』)

そうであるからには、主人公はあの胎内感覚を全く別のところに求めねばならない。しかもあの背理から自由な場所に求めねばならない。必要なのは Zweisamkeit ではなく、Einsamkeit である。

《灯りの下で己れの影を捜そうとする眼を柔らかく遮りながら、靄は低く足元にも流れた。辺り一面淡く白一色にたちこめた世界だった。時折路地から路地へ抜けて行くタクシーのライトが街燈の灯りと交錯し幾重にも柔らかい光の縞を作って、その中に音なく動いて行く靄を照らし出した。……

見渡すかぎりおぼろな白一色の世界で、今まで自分を取り囲んでいた他の総てから隔絶されてそこにいる自分を明は感じる。それは、時折酔いしれて夜半人気のない街を木霊する自分の足音を聞きながら歩いて帰る折に彼の感じた、あのすがすがしい感慨でもあった。忘れられていた自分、未知のままにあった自分、そうした自分に己れが何の仲介もなしに唯ひたひたと近づいて行ける、言わば全く一人切りの自分に対する郷愁――。その瞬間だけ彼は本能的に唯、在った。そして、このようにして与えられる瞬間がいかに稀有であることだろうか》(『亀裂』)

石原氏には靄や霧に対する偏執的な愛着がある。伊東静雄にとっては、「六月《ろくぐわつ》の夜《よ》と昼のあはひ」の薄明な光のなかにその「孤独」があった。石原氏にとっては、霧のなかにそれがある。霧は「自由」な自分を笑う現実を遠ざける。彼は近作「ともだち」にも霧の夜を描いた。「霧の夜」という戯曲の登場人物のひとりは、

《ひどい霧だ。何も見えやしない。まるでこの中から別の世界が現われてでも来そうだな。……たとい今はどんなにどじな生き方をしていようと、どんなに味気ない生活にいようとさ、そんな誰もかもが、この霧さえ晴れれば、今まで見たこともない女に出会ったり、思って見るだけであきらめていたことが起って来たり、つい今しがたまでとは全く違った人間になって生きているみたいな、そんな気がして来やしねえかなあ》

という。しかし、霧が晴れたとき、石原氏の主人公たちがめぐりあうのは「死」である。現に『亀裂』の学生作家の傍には、殺し屋のフィフティがいる。胎内感覚から「愛」におもむけば、相対的な他者との関係にとらえられるほかないことをすでに作者は知っている。しかし、「死」におもむけば事情はことなる。そのとき「孤独」は完成されるかも知れない。主人公たちは女性的な霧の中の世界から立ちあらわれて、あの「美しい水無月の空」

の下にすっくと立った異教の英雄に変身しうるかも知れない。「別世界」というのは、一切の生活の消え去った、「などかくはうつくしき」碧空の下の世界だからである。

しかし、それにしてもここにはまだなにかが欠けている。

なぜなら「死」は、やはり普遍的な、全的な「死」でなければならないからである。意味づけられることを拒んできた石原氏は、ここではじめて自らの「死」の意味づけを痛切に求めはじめる。「個人的な死」は只の犬死であって、充分に権威づけられていない。彼は何の意味もない「死」――大義名分のない「死」がありうるという想念にたえられない。そこまで絶望することは恐しい。「死」は、彼にとってはなんであるよりも「思想」であるのに、何の意味もない死は、一個の醜悪な屍骸というものを提示するにすぎないから。

《〝死ぬかな〟ふと思った。

〝だとしたら下らねえ、全くドジな死に様じゃないか〟急に思った。

〝これと比べりゃもっと死に甲斐のある何かがあるんじゃねえか、いや確かにある。それが何だ、何だかわからなくたっていい、前よりは急に近づいて来たぞ。がこれだけじゃ未だ御正解とはならない。そいつを掴むまで、こんな下らねえ殺され方で満足してたまるかっ〟》

《〝良治のこと、手塚、そして顕子か、そいつが唯重なっただけなのか。皆俺が起したつながりだが、その底にもう一本、俺を此処まで引きずって来た、俺の何かがある。そいつあ何だ？　俺の捜してるのはそいつだ。一体俺の何だ。良治も顕子も、手塚も、奴等は皆その足掛りなんだ。その足場がドジに崩れて少しばかりの怪我はしても、俺は今そいつに、確かに近づいている。俺はそいつを超えてやる。ぶち勝ってやる。それでもこれが夢か、みんな悪い夢だと言うのか。冗談じゃない、俺は俺の思うことをやったんだ、精一杯な。俺は少くとも真面目だったさ。その決算は、答は、吉村の好きな結論は、俺には見えかかった何かのそいつは、未だだ、未だこれからずっと先だ〟》（「処刑の部屋」）

「処刑の部屋」の主人公のいう「死に甲斐」のある「死」とは、普遍的に意味づけられた「死」のことである。それはまだ、「これからずっと先」にしか到来しない。このストイックな自虐家が進んで「ドジな死に様」にとびこんでいくのは、おそらく自らの「自由」にもっとも醜悪な報復をあびせることによって、来るべき「何か」の美しさのあかしを立てるためである。彼は卑小な「自由」をもっとも卑小に行動することによって、彼の信じる偉大な「自由」の偉大さを強調しようとしている。彼の指はリンチのために千切れかかっていて、「なにか」をつかむことができない。が、もっと強健な指はかならず「なにか」をつかむに相違ない。この期待がこの主人公のストイシズムをささえている。

しかし、待つことのできるのは現実の実在を承認することのできる人々だけである。滅亡や死をねがう人々はいそがねばならない。期待は自分の手で実現されねばならない。だから、このような石原氏が、次第に「民族」という観念に近づき、われとわが手で自分のストイシズムを破壊しようとする(「個性への復権を」参照)のは当然である。「死」はこの観念によって聖化されるだろう。あたかも、かつての「日本浪曼派」にとっての「滅亡」がそのようなものであったように。「復権」されるべき「個性」とは、石原氏にとっては、「六月《ろくぐわつ》の夜《よ》と昼のあはひ」に立った、異教の英雄の「個性」である。まだ彼の世界は混濁し、日常生活をおおう戦後の曇った空の下にある。だが、「民族」の名のもとに全面的な破壊がはじまれば、空は晴れるだろう。そのとき彼の作品は作者の焦躁によってとらえられた尨大な現実感覚をうしない、そのかわりに「水中花」の簡潔な抒情に吸いこまれていくであろう。

観念とか思想とかいうものはおそろしいものである。それは、早産児飼育用のガラス箱のように、われわれを外気から距《へだ》てて、甘やかせる。私は「孤独」と「死」の思想が石原氏をこれらの作品にみちびいてきたといった。だが、これらの作品は果して小説であろうか。あるいは、それらは文学の名にあたいするであろうか。石原氏は作家、詩人、等々という文学者の範疇に属しうる人であろうか。もしそのいずれでもないとすれば、彼はいったい何者というべきか。

3

石原氏の作品は他者を拒否しようという意志のもとに成立していた。だが、他者を拒んだ小説、現実拒否の衝動のみによって書かれた小説とはどのようなものであろうか。抒情詩のなかでは、思想は直線的に展開されてもよい。しかし、小説は思想が現実に接触して敗北するところに成立する。詩人は夢――観念の体系を完成するために書く。しかし、作家は自分の夢を自分でぶちこわすことによって書く。自分にとって、この上なく厳粛なものと思われていた夢のこっけいさを認識するところに、小説ができ上る。作家の論理は本来相対的なものである。

もし「太陽の季節」の主人公が、ヨットの陶酔のあとで、恋人の尻に敷かれて恐妻家にでもなっていけば、この作品は見事な小説になるかも知れない。『亀裂』の主人公が靄の中を冥想にふけって歩くうちに、ごみ箱に蹴つまずいて犬に吠えられれば、この作品はやはりすぐれた小説になりうるだろう。これらの作品にその可能性がなかったわけではない。だが、現実や他者を嫌悪し、そこから離脱しようとする異教的な論理によっては小説は書けない。自分がよって立っていた観念を破壊するのは恐しい仕事である。このことに耐えるためには倫理的な勇気を必要とするが、不幸なことには、石原氏は現に刻々とこのような勇気を失いつつあるかにみえる。

ところで、石原氏にとって、あのような主人公たちを書くということは、どのような意味を持っていたか。彼らの行動は無意味であることによって成立し、決して客観性を持つことがない、と私はいった。しかし、もし彼らが作者によって描き切られていれば、その行動は必然的に意味づけられ、彼らは客観的な存在とならずにはいないだろう。描き切ることは一種の批評であって、いわば対象をひとつの言語秩序にからめとることである。言葉は、言葉であるからには、現実を超えて対象を普遍化してしまう。そこにはもはや絶対者というものがありえない。主人公の独自性は、読者と共有できるものに変質し、彼らの行動は他の行動と比較されるようになる。だが、石原氏は決して対象を描き切ろうとはしない。彼の作品は、ほとんどの場合、主張と、詠嘆と、抒情の混同によって書かれている。主人公は作者の内部をあまりにも忠実に代弁する。そうすることなしには、石原氏の観念が崩壊するおそれがあるからであって、作者は自分が相対化されることをまぬがれるために、作者と主人公の距離がつきすぎるという制作上の危険を平気でおかそうとする。主張する者には味方と敵しかいない。敵を抹殺しさえすれば、主張者は絶対者の位置にとどまれるのである。

しかし、言葉はそれ自体に意味をもつ。いかに相対化されることを拒もうとしても、言葉によって書こうとする者は言葉の客観性の制約から自由になることができない。石原氏はほとんど本能的にこのことに苛立つ。彼の悪文はひとつには無智によっているが、それ以上にこの焦躁から生れるのである。言語秩序が拘束するなら、それを破壊して言語から意味をうばってしまえばよい。彼は「自由」であって、なにひとつできないことはないからである。もし言葉が理性だとすれば、彼はあの悪文を書くことによって理性に挑戦する。彼にとっては、言葉は他者と決して共有されない主観的な言語でなければならず、究極的にはひとつの叫び声、ひとつの呻りにならなければならない。石原氏の作品は理解されることを拒絶している。それはまず感じとられねばならない。そこから彼の叫び声を感得できた者だけが、彼の世界にはいることを許されているという意味で、それはもとをただせば、排他的な性格を持っている。

　新しい文学が言語秩序の変革によって開始されるというのは事実である。しかし、言語秩序が絶滅されれば、すでに文学はなくなる。自らを絶対者に擬そうとした詩人たちは、たとえば言葉から慎重に日常的な意味を排除することによって、彼一個の言語秩序をくみたてた。この過程は、言語を殺そうとはせず、馴らそうとしているという点で、文学的な過程である。ジェイムス・ジョイスもまた『フィネガンズ・ウエイク』で既成の言語秩序の破壊をおこなって、難解をきわめた主観的な世界を構築した。しかし彼は新しい世界を構築するために破壊したので、世界を破壊したのではなかった。象徴派の詩人も、ジョイスも、石原氏同様に「自由」を求めた。しかし彼らの仕事はまずその制約を正確に認識するところからはじめられている。石原氏は最初から「自由」であって、自らの存在をからめとっている言語の制約に気がつかない。彼が作家だとすれば、すでに彼は文学を破壊することに全力を傾注している作家になりつつある。『亀裂』を書きおえたとき、作家になるか、作家ではないなに者かになるかの分岐点に立っていた石原氏は、残念なことには今日まで後者への道をえらびつつあるかのようである。

言語を破壊しつくしたとき、のこるのは肉体である。石原慎太郎氏は今やひとつの叫ぶ肉体に化そうとしつつある。やがて、叫び声すら無力なことが自覚されれば、彼は沈黙の実行家になるだろう。最近の彼が政治権力に強い関心をいだきだしているのは故のないことではない。だが、おそらく彼が政治家になることはない。政治家は言葉によって――理性によって統治する。彼の使命は現実の保全である。これに対して石原氏は言葉を圧殺することによって実行しようとする。彼は、いわば非合理的な衝動そのものにならねばならないので、このような人物はおそらく、テロリストになるほかないだろう。なぜなら、彼に内在している論理によれば、完全な絶対者になるためには肉体は「死」の所有に帰さねばならなかったから。石原氏の承認する唯一つの現実が自分の肉体であるなら、彼の論理は現実そのものの破壊によってはじめて完成されるのである。『亀裂』の饒舌な世界の底には、「死」――「無」の沈黙がひそんでいる。

このことによってみれば、石原慎太郎氏を作家というのは適当ではなく、いわんや文学者というのも適当ではない。しかし、そうであっても、彼はあきらかにひとりの「時代の児」である。彼を作家にふさわしからぬ者といい、彼の作品を非文学と断じるのはやさしい。だが、そのように論じ去ることによっては、この「時代の児」がかかえこんでいる複雑な問題は解決されない。もし彼が言葉を侮辱し、理性をふみにじろうとするなら、文学や理性はこの破壊者に正面から立ちむかうことによってしか生命を回復しないだろう。この暴力に対して、既成の文学概念を固守する人々が、嘲笑によってしかこたえられない有様は、むしろこっけいな光景である。ひとりの石原慎太郎すら超えることのできぬ者が、どうしてこの乱世における文学の権威を証明することができるだろうか。

石原氏は、おおむね彼の作品の主人公たちより魅力的な人間のようである。この傾向は、近作「殺人キッド」などを読むと、一層はなはだしくなっているように思われる。そこでは、主人公は幼稚な儀式を執行するため、作者の身代りにこしらえられたわら人形のようなものとなってしまっている。石原氏は、今、ほとんど完全に実行家の立場をとっていて、作品を自分の実在を保証する場所だと考えるのをやめてしまった。このような作家になにを望むことができるだろうか？　だが、現代というこの乱世の登場人物として、彼ほど興味深い存在はまれだろう。彼は全的な破壊を実現させようという野望に燃えている。自分の破滅を無意味な、個人的な、「純粋」な破滅に終らせないために、「同世代」をねこそぎ道づれにしようと希っている。もしこのような彼が、万が一にも彼とは断たれた他者の重みをひきうけて平俗な日常生活のなかで七転八倒するような羽目におちいったとすれば、あるいはそこにこそもっとも小説的な小説が出現することになるのかも知れない。幸か不幸か、卑小な絶対者たちがうようよしているこの国では、文字通り、しばしば「事実は小説よりも奇」だからである。

（「中央公論」一九五九年十二月号）

「肉体」という思想

石原慎太郎氏が、戦後の青年にもたらしたものは、「肉体」という実質である。腹をへらしながら、「戦後」に新奇な思想や感情を求めていた青年たちの前に、氏は自らの肉体を投げ出して、これが「戦後」だ、あるものはこれだけだと叫んだ。君たちのいう「思想」や「感情」は、すべて空腹と栄養不足の生んだ妄想だと。

真実というものは、自己を偽ろうとする虚弱な精神に対して、つねに残酷な作用を及ぼすものである。石原氏が、昭和三十年夏に、「太陽の季節」によって文壇に登場したとき湧きおこった猛烈な反撥は、この作品がまさに時代の気分のなかにひそんでいた真実をさぐりあてていたことに由来している。良識家は非道徳を批難し、あるアルバイト学生の母親は、お宅の坊ちゃんはお金があって勝手なことができていいが、自分の息子は歯を喰いしばって勉強していますというような石原氏の母堂あての公開状を、週刊誌に寄稿した。

また、インテリは、石原という人は才能があるらしいが「インテリ」ではないねといって自らを慰め、文学青年はにわかに不安になって、こういう修行の仕方は無意味ではないかと疑いだし、皮肉屋は、石原慎太郎は思いのほか常識的な人間ではないか、あの結末は浪花節で「太陽族」は戦前から鎌倉、葉山あたりにはウヨウヨしていたものだ、などといいふらして歩いたのである。

これらの反撥には、衝撃的な事件に対する反撥がつねにそうであるように、いくらかの真実が含まれていないものでもない。しかし、根本的には、人々は石原氏によって自分の貧弱な肉体を思い出させられたことに、戦争中を通じて結局死守して来たのはその肉体であったこと、さらにはそれがいまだに空腹から脱していないという事実に、腹を立てたのである。が、かりに石原氏がもたらしたものがひとつの常識であったにせよ、当時人々はその常識を忘れていた。そこに、氏の出現を戦後の文学史の劃期的大事件たらしめた理由がある。

「太陽の季節」以来、「鴨」にいたる石原氏の歩みは、氏の「肉体」という実質が、「肉体」という思想に変化して行く過程に一致している。換言すれば、それは、処女作によって氏がほとんど顚倒させた「現実」が、急速に氏の前から逃げ去って行く過程ともいえる。石原氏は懸命にそれを追跡するが、氏の疾走が速度を加えれば加えるほど、「現実」は氏の周囲から消え去り、氏が「肉体」を力説すればするほど、氏の言葉は「精神」的な反響を加えて行く。なにがおこったのであろうか？　確実なことは、このどんでん返しの劇が現在まさに進行中だということであり、それが単に石原慎太郎という作家の問題にとどまらず、「戦後」という倒錯したロマンティシズムの時代に青春をむかえたすべての青年に共通の問題だということである。

「ヨットと少年」をのぞけば、本集に収められた諸作品のなかで、もっとも初期に属するのは『亀裂』である。これは石原氏が最初に試みた長篇小説であって、今日までに多くの読者を得ている作品であり、比喩的にいえばその影響力はかつて志賀直哉氏の『暗夜行路』が大正期の青年に及ぼしたものに似ているかも知れない。つまり、読者は、『暗夜行路』の場合と同じく、あらゆる芸術的欠陥を超えて迫って来る主人公の誠実さに心を打たれた。そして、主人公の学生作家都築明が落ちこんで行く不吉な荒廃と不毛の前兆を自分のなかにも見出して、おののいたのである。

しかし、この作品が発表された当時、多くの批評家はおよそ従来の小説美学をことごとく無視し去った『亀裂』を批評する手がかりをどこに求めたらよいのかとまどっていた。三島由紀夫氏の、「現代小説は古典たり得るか」を唯一の例外とすれば、この小説は失敗作として葬り去られかけ、このとき石原氏は、いわば最初の作家的危機に際会したわけであるが、注目すべきことは、すでにこの作品に、氏とその「肉体」、あるいは作家とその「現実」との亀裂が、明瞭にあらわれていることであろう。文壇的には、石原氏はこの危機を果敢にのりこえて流行作家の列に加わった。しかし、内面的には、この危機は、乗りこえかたにより直面しかたに意味があるというような性質のもので、氏の独創性はここにも遺憾なく発揮されたのである。何が独創的であったか？　一切の自己限定を拒み、一切の「現実」に対する態度を放棄して、一種の純粋な「保留」の状態に自己をとどめておくというストイシズムの発揮がである。おそらく石原氏自身は、「保留」ではなく、純粋な「可能性」の状態に自己をとどめたといいたいにちがいない。

《ゆっくり笑うバーテンの顔にちらっと何かがすぎて通る。明には意味がわからなくともそれが一種侮蔑の微笑であることが何故か感じられた。すると明はかっとして訳のわからぬ焦躁に襲われるのだ》

石原氏の主人公にとって、「現実」はまずこのような模糊とした感触をあたえるものとしてたちあらわれる。それは、「何か」、「意味がわから」ぬものであり、「何故か」、「訳のわからぬ」というような非限定的な言葉でいいあらわす以外にないものである。いいかえればそれは巨大な謎だ。この謎を解く鍵はどこにあるか。それが容易に見出せぬところから明の焦躁が生じ、自己をどのようにも限定せずにこの謎に触れたいという欲求から、性行為のなかでたしかな「現実」を所有しようというあがきが生れる。

《飢えたように求め、満たし合いながら、明は幾度となく自分へ向って言っていた。

〝俺は今、欲しかったものを手にしている〟

いつも感じながらその感慨の一重向うに、自ら何とは知ることの出来ぬ不安が淵を開いて、やがては落ちこむ自分を待ち受けているのを同時に彼は感じ続けた。……

それは、肉体の結ばれ合いの終って後のあのもの憂い倦怠とも違って、現実彼の感じ続けている陶酔を蝕みかかり、それを遮りしめ出そうとするためにも、尚猛って激しく明は涼子の体を苛みつづけた。

〝俺が女について、涼子についてこの瞬間を信じ切れぬとしたら、一体、一体俺たちに何が出来ると言うのだ！〟と》

私たちはすでにここで遁走する現実におびやかされている主人公の不安な表情に眼をとめずにはいない。彼が、もっとも確実だと信ずる行動によって「現実」に働きかけようとすると、「現実」は彼の手をすりぬけて彼を暗い「淵」のなかに落としこんでしまう。しかし、一旦彼が行動を停止すると、それは彼の周囲をひしひしととりかこみ、彼を苛立たせる。この二つの経験の交錯が、『亀裂』という巨大な長篇の底にひそむリズムを形作っているといってもよい。その間に主人公の明は、「現実」の謎をとく鍵を周囲の人物たちのなかに探ろうとするが、彼はその誰からも満足な回答をあたえられない。やがて亀裂は次第に深まり、明は自分を「保留」の状態においたまま次のような悲劇的な認識に到達する。

《涼子を見守る内、明の胸をまた、焦躁を伴った不安が過ぎる。それは嘗て彼から離れた所にいる涼子に対して感じたものとは明らかに違っている。涼子は今間近にいた。そして恐らく、他の誰もが知らぬ彼女のある真実を今明は知っている。がまた、それを知りながらも自分が彼女に対してそれを知らぬ他の誰とも結局は同じ局外者でしかないのが明にはわかるのだ。その不安はそれ故に生れたものではなかったか。……

　明は二人の置かれた孤独の次元の異質さを、今、何故かはっきりと感じたのだ。それは虚しく焦立たしい隔絶感でしかなかった。そしてその落差の内に明は、この白くか細い涼子とその肉体がめくるめくような輝かしさと、身を覆われてよろめかされるような激しさで避けようもなく自分を魅きつけているのを感じていた》

女に対するこの「焦立たしい隔絶感」は、とりもなおさず「現実」に対する「局外者」の意識である。「保留」は、最初は主人公がえらんだひとつの方法であり、可能性であったが、この意識が生れるやいなや、「限界」——不可能性に変質する。

《「僕は」

　明はグラスを覗き込みながら言った。

「僕はインポテな、小説を書く豚だ」》

こういう不能の認識が生れるのはここからである。

このような主人公が不安と焦躁から解放される場所は、次のような世界にしかない。

《灯りの下で己れの影を捜そうとする眼を柔らかく遮りながら、靄は低く足元にも流れた。辺り一面淡く白一色にたちこめた世界だった。時折路地から路地へ抜けて行くタクシーのライトが街燈の灯りと交錯し幾重にも柔らかい光の縞を作って、その中に音なく動いて行く靄を照らし出した。……

　見渡すかぎりおぼろな白一色の世界で、今まで自分を取り囲んでいた他の総てから隔絶されてそこにいる自分を明は感じる。それは、時折酔いしれて夜半人気のない街を木霊する自分の足音を聞きながら歩いて帰る折に彼の感じた、あのすがすがしい感慨でもあった。忘れられていた自分、未知のままにあった自分、そうした自分に己れが何の仲介もなしに唯ひたひたと近づいて行ける、言わば全く一人切りの自分に対する郷愁――。その瞬間だけ彼は本能的に唯、在った。そして、このようにして与えられる瞬間がいかに稀有であることだろうか》

靄は亀裂をかくし、明を「現実」から遮断し、彼をいこわせてくれる。彼は今、何者によってもおびやかされることのない絶対者である。「現実」ばかりではない。「肉体」までも彼から完全に遠ざかった。彼は「現実」のなかに直観した巨大な謎を解き、世界のなかにはいって行くかわりに、世界を消し去ってしまった。そこに至福があるとは！　この至福は、『亀裂』の結末で都築明が味わうエレヴェーターのなかでの失墜感と表裏一体の関係にあるもので、本集に収められた他の作品の基調をかたちづくるものである。石原氏が好んで作品の核に象眼する「完璧」という観念の背後には、このような絶対者に化した自己のイメイジがかくされている。

「完全な遊戯」は、いわばこの「完璧」という観念を徹底的に外面化してみせた小説である。ここに描かれているのは、金持の不良少年たちが、精神薄弱の女を車にひっぱりあげて輪姦し、売りとばしたあげくに海につき落して殺してしまうという話であって、女が礼次という少年に対して抱いている淡い恋情のごときものをのぞいては、何一つ人間的なものを感じさせない。あるのは行動の即物的記述だけで、発表当時批評家たちは口をそろえてこの作品の倫理感覚の欠如を攻撃したものであった。

しかし、この不道徳な作品のなかには、一片のエロティックなものも存在しない。「完全な遊戯」は、実に純潔な作品である。ここから脱落しているものがあるとすれば、それは倫理感覚ではなく、エロティシズムである。なぜならここに描かれた行動はすべて「遊戯」でしかあり得ないから。礼次も、彼の仲間も、すべて「現実」の局外者たちであり、女もまた「現実」のなかにひそむあの謎をはぎとられて、にせものの「現実」、いわば石のようなものに擬せられている。生身の女体がものに変化させられる――男の視線によって限定され、支配されて行くという過程ははなはだエロティックであろう。が、最初からものであるような女にエロティックなものはない。この作品のなかで、どれほど乱暴な性交が行われていようと、ここに描かれた若者たちは本質的には不能者である。不能者たちが、死んだ「現実」をおかす。それは世界のなかにいる人間が、生きた「現実」に働きかけるという行為を模したゲームにすぎない。そして、すべてのゲームがそうであるように、この不良少年たちのゲームもまた、無機的で純潔なのである。

だから、ここでは、少年たちがゲームに熱中すればするほど、彼らの行為の不毛さが鮮明に浮き上るという背理が支配的である。「完璧」という観念にひそむ厳粛な不毛さ、空虚さを、これほど動的に、美しく表現してみせた小説を私は知らない。女が礼次に示す好意は唯一の生きた「現実」の記憶であるが、それが導入されているために、かえって礼次の拒否の強さが印象づけられる。女を海に突きおとすのは、彼の自己処罰である。それが同時に、「僕はインポテな、小説を書く豚だ」という自覚を持つ作者の、痛烈な自己処罰でないことがあろうか。この名短篇を背後から支えているのは、こうした反語的な倫理意識の強さである。

「ファンキー・ジャンプ」は、逆に、徹底的に内面化された「完璧」の実験である。ここで、作者は、詩とジャズのビートによって、残酷に小説の内臓をえぐりとってしまった。つまり、石原氏は、ここで主人公である麻薬中毒患者の天才ピアニストから、「現実」が脱落して行く過程――彼が「完璧」に近づいて行く過程を、息を呑むほどの正確さで展開してみせている。小説の小説的な諸要素に対して、これほど苛責ない殺戮を加えた小説もまれであろう。だが、そのような「現実」の脱落の代償として、私たちは主人公の悪魔的な演奏をまさにこの耳に聴くのである。彼の内的独白の持続が、曲目の題名や客観的な時間の介入で遮断されるところも緩急よろしきを得ている。この野心作は、石原氏が今日までに書き得た傑作の一つかもしれない。だが、この傑作が同時に、客観世界とのつながりを失い、まったくの孤独に追いやられ、そのなかでの自己燃焼に賭けるほかなくなっている戦後青年を象徴していることは疑えないであろう。

　こういう「完璧」への讃歌を、石原氏は最新作「鴨」においても歌っている。ここに描かれた鴨猟の舟宿にやとわれている少年「ダボ」の無造作な凶行は、日常生活のほこりにまみれたひとつの「事件」として語られれば、眉をひそめたくなるような残虐な話にすぎない。だが、この作品の美しさは、描かれた事実の殺伐さにではなく、作者の声の純一さ、この少年に寄せる石原氏の共感の深さにかかっている。冒頭の鴨猟の力感にみちた描写から、「ダボ」が最初の銃弾を親方にうちこむあたりまでの筆致はことに見事で、石原氏に対して偏見を抱いている読者をも魅するだけの説得力を持っている。これら三作の短篇、中篇にあらわれた作者の才能のゆたかさには、幾度読みかえしても驚嘆するほかはない。「乾いた花」「鱶女」の二篇も、やはり同じ軌跡の上にある作品である。描かれているのは、平俗な現代風俗であり、したがって風俗小説的通俗臭がにおわないでもないが、作者は結局ここでも変らぬ歌を歌っている。「完璧」は、「乾いた花」では、賭博という行為のなかに見出される。「私」というやくざと、冴子という不思議な若い娘が賭場で出逢い、「私」は娘の計算を無視した放胆な賭けかたのなかに、「完璧」の幻影をみる。「私」と冴子とは、いずれもあらゆる功利的意図を度外視して「純潔」に生きようとする求道者である。二人は同衾しさえするが、肉の交りをかわそうとはしない。そして「私」は殺し屋として、冴子は麻薬患者として、それぞれ破滅の道を歩んで行く。彼らは、たとえばなんとよくトリスタンとイズーに似ているであろうか。しかし、本質的に愛の不能者である現代のトリスタンと現代のイズーには、決して「愛の死」はおとずれないのである。

「鱶女」の冒頭の日没の描写は、石原慎太郎氏の愛読者なら忘れることのできないものである。この作家が、今でも少年の感受性を持ちつづけている風景画家であることを、これほど如実に証明している文章はない。石原氏は「海」を愛する作家であり、「ヨットと少年」のような作品もあるが、その変容の刻々の光景を、これほど率直に、うねった文体でとらえた例をほかに知らない。読者は、そこから潮の香とともに以下に展開されるメェルヘンの匂いをかぎとるのである。野性的な少女が実は鱶の化身であったという怪談じみた話に、現実性をあたえているのは作者の不思議な手腕で、おそらく石原氏は、現代の日本で、ミスティシズムを本気で信じている数少い作家の一人と思われる。

「狼生きろ豚は死ね」は、石原氏の処女戯曲である。この「豚」に、例の「インポテな、小説を書く豚」が反映していることは、論をまたない。石原氏は、この戯曲を、劇団「四季」の演出家浅利慶太氏の依頼によって、「創作劇シリーズ」の第一回として書き下した。氏にはめずらしく、浅利氏の技術的な助言をいれて、三度改稿するほどの熱の入れかたであったが、初演は成功であり、以来「狼生きろ豚は死ね」は、劇団「四季」のレパートリイに加わった。最近、石原氏が浅利氏とともに企てている「日生劇場」の運動の種子は、このときに蒔かれたといえるかも知れない。本集に収められたテクストは、「四季」上演台本によった決定稿である。

（一九六二年五月／原題「解説」　集英社『新日本文学全集』5「石原慎太郎集」）

「言葉」という難問

1

ハロルド・D・ラスウェルの「権力と人間」に、次のような一節がある。

《権力追求者についてのわれわれの基本仮説は、権力追求者は価値剝奪に対する補完《コンペンセーション》の一手段として権力を追求する、ということである。言いかえれば、自我の特性を変えるか、それとも周囲の環境を変えるかして、自我に対する低い評価にうち克とうとする場合に権力が期待されるのである》（永井陽之助訳）

もし政治的人間というものが、ある根源的な価値を奪われたと感じ、それを回復しようという情熱によって生きるものだとすれば、石原慎太郎の場合、彼はいったいなにを剝奪されたと感じ、なにを補完しようとしているのだろうか。いや、果して彼は、どの程度に政治的人間なのだろうか。石原氏が作家から参議院議員に転身したからといって、それだけで氏が政治的人間の仲間入りをしたということにはならない。それはひょっとすると、ひとつの逆説を、つまりもっとも政治に近づいたとき、もっとも非政治的な本質を露呈するという逆説を暗示しているかも知れないからである。氏は「周囲の環境」を劇的に転換させたかも知れない。しかし氏は、果してその「自我の特性」を変えることができただろうか?

石原氏が剝奪されたと感じているものが、その自我の核心に空洞をうがっていることは確実である。それは少年時代に氏が喪った父性かも知れない。あるいは氏の作品にめったに登場することのない母性かも知れない。しかし、おそらくそれは、このような個人的な剝奪であると同時にそれを超えたもの、ラスウェルが、

《自我は、定型的には第一次的我《プライマリ・エゴ》——すなわち、それ以上還元できない「私《アイ》」・「私《ミイ》」をさすために用いられるシンボル——を含むのみではない。さらに、自我は、第一次的我に包含されるものはすべて自我に属するものとしてとりいれる。すなわち、自我の境界内には——第一次的我のシンボル以外に——両親・妻・子供・友人・同郷人・同信者・その他の集団ないし個人をさすシンボルがふつう含まれている。これが同一化《アイデンティフィケーション》のシンボルである》(同上)

と定義するような範囲に生じた剝奪だと思われる。それなら氏にとって、個人的境界を超えた「同一化のシンボル」とはいったいなんであったか。それが一種全的なものであり、一種全的に剝奪されていなかったなら、「太陽の季節」発表当時のあの爆発的ブームはおこり得なかったにちがいない。あるいは一九六八年夏の参議院議員選挙で、氏はとうてい

三百万票以上の得票をあげられなかったにちがいない。

全的に剝奪されたものの手がかりは、おそらく石原氏の自筆年譜の冒頭に暗示されている。

《一九三二年（昭和七年）九月三十日、神戸市に生る。湘南中学、湘南高校卒業。海軍士官、後に外交官たらんと欲す。……》

つまりそれは「国家」というものである。海軍士官になりたいと思っていた少年が外交官志望にかわったのは、敗戦によって日本という「国家」が全的に奪われたからであり、外交官志望が実現しなかったのは、氏の青春に小説にでも書かなければどうにもならない情念が生れたからである。語学と外交史と国際法の勉強に集中するためには、身辺の状況が少なくとも凡庸なものであることを必要とする。彼は貧家の子弟であってもよく、片親だけであってもよい。しかしその貧しさや片親だけという状態は、凡庸に安定したものでなければならない。

いいかえれば、それは一目瞭然のものでなければならず、他人に理解しがたい要素を隠しているようなものであってはならない。逆にいえば、かりに彼の環境が比較的恵まれたもののように見えても、そのなかにあるわかりにくい事情が秘められているかぎり、少年は年長者には不可解な、無益な情念のとりこになりがちである。私は、当時の石原氏の身辺にどのような事情がひそんでいたかを知らない。明らかなことは、外交官志望をやめて小説を書き出したとき、氏が「国家」から二重に疎外されたということである。

重要なことは、このような「国家」からの二重疎外の意識が、昭和三十年代初頭の青年によってひろく共有されていたという事実である。「戦争は他の手段による外交の継続である」というクラウゼヴィッツの名言が真実だとすれば、「外交は他の手段による戦争の継続である」といえないこともない。実際戦後米軍占領下で国政の指導にあたった吉田茂は、「古来戦争に敗けて外交で勝った例はいくらでもある」といって、閣僚を鼓舞したという。しかし、ここでみのがすことのできぬ要因は、敗戦国において、もし革命がおこらないかぎり、「国家」はかえって政策決定に直接参劃する政治家と官僚の掌中に、寡占化されざるを得ないという点である。

国家意志は、敗戦国においてはいわば奴隷の言葉によって語られなければならない。政治的指導者たちは、戦勝国に対しては「戦争の継続」である外交努力をつづけながら、半面一般の国民に対して勝者の意志を励行し、かつその過程でひそかに自己の意志をも励行するという際どい綱渡りを強制されるからである。このような状況のなかで、「国家」が一般国民にとって、望ましい「同一化のシンボル」でなくなることは自明である。さらにそれに加えて、国民のあいだには情報を独占しているひと握りの政治的指導者たちに対する不信と怨恨が生れる。つまり国民は、「国家」からも情報からも絶縁された背丈の低い閉鎖的状況のなかで生きることを強いられる。

外交官志望をやめて小説を書きはじめたとき、石原氏はこういう状況に直面した。しかも疎外は氏においてはおそらく三重でさえあった。「国家」と情報を剝奪された氏は、その若さのために「価値紊乱者」として旧世代からも疎外されざるを得なかったからである。ここから石原氏に特有の「復権」という観念が生れる。この観念が表現されるのは、しばしば次のような簡明直截な方法によってである。

《高校三年のクリスマス近く、遊びに行ったキャバレーで二人を認めて他のボックスから挨拶に来た女給を、帰るなりその席にいたアメリカ兵が何か文句を言って平手で殴った。それを見るなり矢庭に立ち上って近づきその兵隊を引き出してフロアの真ん中で蹴倒したのは良治だった。驚いて立ち上った次の一人を出会い頭《がしら》、克己が同じように廻し蹴りで倒し、膝をつきかかったところをもう一つ当て身をくれたのだ。中絶したステージに向って威勢の良いジングルベルを演《や》らせると、彼等は重なって倒れたその二人をリズムに合わせて踏みつけた。酔っぱらった他の客たちが拍手していた。

その時、日頃見かける彼等とは反目の地廻りの一人が、逃げ出した残りの米兵が警官を呼んで来ると知らせた。引き上げようとする彼等を、

「そっちの口は危ねえからこの階段から行きな」と男が教えた。

「すいません」と我ながらいなせに肩を下げ男と顔を見合せ笑い合うと二人はその階段を駈け下りたのだ。酒、女、喧嘩と重なった目まぐるしく華やかな二人の経験の中で、

それは克己にとって何故か一番胸のすく思い出だった》（「処刑の部屋」傍点引用者）
「処刑の部屋」の主人公が、結局のところ石原氏の当初の志望だった外交官と同じ目的で行動しているといえば唐突すぎるかも知れない。しかし、ハンナ・アーレントの、《カインはアベルを斬った。ロムルスはレムスを斬った。暴力は始まりであり、その理由からして、暴力を使うことなくして、犯すことなくして、始まりはありえないのである。……人間がいかに、お互いを愛しうるものになれるにしても、始まりには兄弟殺しがあった。政治機構がどのように見事に発展するにせよ、その起源には罪があった。この、始まりには罪があったという確信は、……聖ヨハネの「始めに言葉ありき」という最初の文章が救済にとって持ってきたものに負けないほど、人間の条件にとって自明の理であることをつづけてきたのである》（「革命について」高坂正堯訳）
という指摘に示されているように、あらゆる政治の根源に暴力が存在することは動かしがたい事実である。外交交渉が暴力のもっとも迂遠な表現であるように、暴力行為には政治に触れるなにものかが隠されている。「処刑の部屋」の不良学生克己にとって、キャバレーで米兵を殴りとばすという行為が「何故か一番胸のすく思い出」になったのは、そこで期せずして彼を二重、三重に疎外している「国家」を呼び戻す儀式がおこなわれたからである。そこにはたしかにある公的な、したがって「国家」にかかわりのある幻影が構成されたのである。

だがそれなら、「太陽の季節」や「処刑の部屋」などという石原氏の初期の作品は、果して暴力行為を主題にしているが故に政治的な作品だといえるだろうか。そこに作者の「復権」の心情が託されていることは疑えない。しかし、実はほかならぬそのことのために、これらの作品はかえって作者の非政治的な側面――むしろ反政治的な側面を露出させている。なぜならそこでは暴力が自己目的化され、作者の精神は一種の失語症にかかった部分を露呈しているからである。

《……革命は言うまでもなく、戦争でさえも、完全に暴力によって決定されるということはない。暴力が絶対的に支配するところ、たとえば全体主義体制の集団収容所などにおいては、法律のみならず――フランス革命の言葉のように、法は沈黙するのだが――すべてのものとすべての人が沈黙を守らざるをえないのである。……なぜなら、人間は彼が政治的存在である程度に応じて、話す能力を与えられている。アリストテレスが人間を定義した有名な二つの特徴、人間は政治的存在であり、そして言葉を与えられている、ということは相互に補完し合うものであり、そして共に、ギリシアのポリスでの同一の経験に関するものなのである。ここで大切なことは、暴力それ自身は話すことができないということであって、暴力に対して言葉は無力であるということではない。……それゆえ、戦争の理論や革命の理論は暴力の正当性の問題だけを扱うことができる。そして暴力の正当性の問題が、暴力の政治における限界となるのである。もしそうではなくて、暴力それ自体の正当化や讃美にまでなるならば、それはもはや政治的な理論ではなく、反政治的なものになってしまう》（ハンナ・アーレント・上掲書）

この精神の失語症的部分は、いうまでもなく石原氏がこうむった疎外の象徴である。なにかが氏の内面を麻痺させ、氏はその部分をいら立たしく痙攣させるが、それがなんであるかはときあかされない。「処刑の部屋」の克己は、M大の不良グループの私刑に遭い、指がちぎれ、「流れかかった自分の臓腑が生ぬるく感じられる」という惨憺たる状況のなかで自問する。

《〝死ぬかな〟ふと思った。

〝だとしたら下らねえ、全くドジな死に様じゃないか〟急に思った。

〝これと比べりゃもっと死に甲斐のある何かがあるんじゃねえか、いや確かにある。それが何だ、何だかわからなくたっていい、前よりは急に近づいて来たぞ。がこれだけじゃ未だ御正解とはならない。そいつを摑むまで、こんな下らねえ殺され方で満足してたまるかっ〟》（「処刑の部屋」）

「そいつ」とは「言葉」——この反政治的存在を政治的存在に転化させる媒体にほかならない。それは「見えかかっ」ているが、「未だこれからずっと先」にある。主人公はいわば、反政治的なものと政治的なもののあいだに身を横たえて、「言葉」を手さぐりしながらもだえている。「処刑の部屋」の結末は、おそらく正確に昭和三十年代初頭の青春を象徴している。つまり「国家」から疎外され、情報を剝奪され、自己目的化された肉体以外に表現の手段を持たない叩き伏せられた青春の姿を。

それがまた、石原氏自身の自己認識でもあることはいうまでもない。「処刑の部屋」の結末が、氏が現在までに達成した最高の自己表現のひとつになり得ているのは、そこに氏と「言葉」との、あるいは氏の肉体と「言葉」とのもっとも原初的な関係が定着されているためである。この関係はきわめて特殊な関係である。つまり、作家でありながら石原氏と「言葉」とのあいだには、いわば啞と言葉とのあいだに存在するそれに似た絶望的なもの、または不可能なものが横たわっている。「言葉」は氏を文学か政治かのいずれかにいざなうが、氏はその瞬間にふたつの沈黙の——性と暴力の方向にくず折れる。ここで私は、もうひとつの反政治的機軸、つまりカインがアベルを斬り、ロムルスがレムスを斬る前の沈黙について検討してみなければならない。

《ヨットは次第に均衡を持ち直しながら、ゆらゆら揺れている。それは二人にとって嘗つて知り得なかった、激しい陶酔と歓楽の揺り籠ではなかったろうか。英子も竜哉も、その時初めて互いの体を通して、捜し求めていたあの郷愁のあてどころを見出したのだ。二人は時折、ふと動作を止めてじっと耳を澄ました。ヨットは相変らず水を叩いて揺れている。それを確かめると、眼を覚し自分の周りを見て満足し再び眠る赤ん坊のように、二人はもう一度夢を見始めるのだ》（「太陽の季節」）

もしハンナ・アーレントのいうように、「暴力は始まりであり、……犯すことなくして、始まりはありえない」のだとすれば、この沈黙と安らぎの世界は「始まり」以前の世界とでもいうべきものである。それは歴史以前の世界——個人に関していえば母親の胎内にひとしい安息の再現であり、全体に関していえば時間を否定する自然によって充たされた世界である。石原氏にとってのヨットと海は、こうしてあり得べき政治の対極にひろがる世界を暗示する。ヨットと海は氏の「郷愁」を充たす。ヨットに乗って海に出た氏は奪われたものを回復しているが、別段「復権」しているわけではない。その至福は権力追求の意志によってではなく、ひとつのすがすがしい自己抛棄によってもたらされたものだからである。ラスウェルのいう「補完」はこの場合にはあてはまらず、石原氏はこのときもっとも反政治的な人間になっている。

政治上の現象にスポーツやゲームの比喩を用い、逆にスポーツに政治の幻影を見ようとするのは、実はあやまりやすい認識の混同である。政治は歴史のなかに存在するが、スポーツはついに歴史とは無縁でしかない。それはつねに自然のなかに、より正確にいえば自然のなかに設けられた人工の囲いのなかではじまり、完結する。古来政治をルールという人工の囲いにおしこめておこうとする努力は、幾度となく繰り返された。議会政治はその代表的な試みであるが、しばしばゲームとルールの幻影は、突発するテロリズム、反乱、クーデタ、そしてなによりも革命と戦争という暴力の奔出によってぬぐい去られる。けだし政治の世界では、言葉は暴力のもうひとつの表現であり、ルールはホッブスのいう「自然状態」のもうひとつの解釈だという相関関係を出ることがないからである。

こうしてヨットと海は、石原氏にとってのすべてのスポーツ、つまり反政治的な行為の原型を構成する。

2

《伝達されたコースを、コンパスに見ず、輝いて間近にせまる岬の先端を見つめてひいた。

突然、岬の潮騒が耳に伝わって来る。いつもどこででもそうだ。岬の潮騒は、次第に近づき大きく聞えて来るということなく、全く、突然、僕らの耳を打って響く。かわされ、冒されようとしている岬が最後の脅しに僕らを追い返そうとして吠えている。

その咆哮に向って真直ぐ、僕は舵をひく。

潮がある、岬に添って流れる潮を感じる、そして、潮は、今日は僕らを助けた。……

五時四十七分、僕らは、濡れて輝く鉾の先端にかかり、それをかわした。……

そして、その次に開けるものに向って向き直った時、僕は、息を呑み、立ちつくしていた。他の誰しもが。

　かわした岬の彼方には何もありはしなかった。ただ、無限の、狂おしいほどの量感の水の連なりだけがあった。

　それこそ、僕らの願い到ったもの、僕らの目的の水の大草原だった。……

　僕らは遂に来た。今、たった今、僕らはそれに向ってまっしぐらに進んでいる。

　体の奥底深く、慄《ふる》え戦《おのの》くものがあった。それは安らぎ、幸せ、満足、それらを超えた、僕らがようやく僕ら自身の運命に向い会え、それを捉えようとしているような戦きだった。

「ああ、来たなあ、これからいくんだなあ」

　誰かがつぶやくように言っていた》（『星と舵』――「岬」）

『星と舵』のこの部分は、おそらく石原氏が今日までに書いたもっとも美しい文章のひとつである。「何もありはしな」い、「ただ、無限の、狂おしいほどの量感の水の連なりだけがあ」る太平洋を前にして、作者は「僕らがようやく僕ら自身の運命に向い会え、それを捉えようとしているような戦き」を感じるという。この虚無は「始まり」以前の虚無である。そして「始まり」以前の虚無のなかにこそ「運命」の啓示があるという作者は、あきらかに母の胎内の奥深くに船出しようとしている。彼は船乗りの習慣にしたがって、ヨットを女性の名で呼ぶ。そして女性をヨットの名で呼ぶ。

《まだ余裕があると思うのに、今しめただけのシートで、彼女は急に傾斜《ヒール》してのけぞり、切れ上り、走り出す。走りながら、切れ上るその律動の震えが、シートに、ティラーに、ステイに、船全体に感じられて来る。彼女はようやく鳴り、きしみ、もうすぐ叫ぼうとする。……

彼女はこらえる、一体何のために。そして、彼女は震え、喘いで走る。

その時、僕は突然帆綱《シート》をゆるめる。彼女はおびえたように僕を仰ぐ。

まだだ。ジブのトップが上り切っていない。リーチが少しはたいている。……》(「ルー」)

そして、

《彼女は機走しながら風に向って立ち生れて初めて帆《セール》を上げ走ろうとしている。それは待ち受けた僕らの結婚だった。

メインスルが上り、ジブのトップが上り切り、ウインチが音をたててシートを引きつけた。……

「エンジンを切れ」

誰かが叫ぶ。

騒音が消えると、彼女は一層に息づき、しなやかな足どりで波を切って進む。押し寄せる波を、彼女はまたぐように軽やかに越えていく。彼女がそれを一つ越える度に乗り切られた河が船胴《ハル》に添って泡だって過ぎた。……

息づき、ういういしく身を震わせて走る彼女のときめきが、握った舵に伝わって来る。僕は舵を握り、他のあるものはシートの端を、あるものはステイを、あるものはドッグハウスのハッチに頰杖ついて、一心にそれを感じ、その律動の内に自分を溶け込ましていく。

「よく上るなあ」

誰かがつぶやくように言う。

今、僕らは彼女と重なり合って在る。僕らの結婚はこうして行われ、僕らは契り合った。

彼女は今、女になった。そして彼女は素晴らしい女だった》（「スタート前夜」）

これらの場面で、ヨットとの交情を語る――あるいは女体の帆走について語る――石原氏は、結局、あらゆる男が女に対しておこなう承認された行為について語っているのである。つまりそれは、母子相姦の願望の代償としての結婚、あるいは性交であり、比喩はしたがって『星と舵』の真の主題について言葉の正確な意味で比喩的に語っているにすぎない。タブーの陰に隠されているのは、実は原初の母なる海の胎内への溯行の願望である。ヨットは本当は男性であり、それは死と隣り合せになった無限の生の上を滑走し、激しく息づく。

ここにいたって私は、海軍士官になろうと思った石原氏の少年時代の志望が、「国家」に氏をつなげるきずなと同時に、「国家」から氏を解放する契機をも含んでいたことを、指摘しておかぬわけにはいかない。海軍士官は軍人であることによって「国家」とかたく結ばれているが、彼はまた船乗りであることによってあの母なる海の胎内に溯行する快楽をあたえられている。小説家として成功し、ヨッティングをはじめた石原氏は、少なくとも少年時代の願望の非政治的、あるいは反政治的な部分を回復することができたのである。

それにしても、ヨットと海について語る石原氏が、あの精神の部分的失語症から完全に自由になっているのには、おどろくほかはない。『星と舵』で、作者の文体はヨットの航海を描写するときもっとも雄弁でみずみずしく、恋愛について告白するときには通俗的にかたむき、クルーについて語るときもっとも卑俗である。このことは氏の「言葉」が「始まり」以前の無葛藤のなかでのみ生きる孤独な言葉で、氏の失語症が社会、あるいは他者との接触と同時にもたらされたものだということを暗示する。もし政治の言葉が、そして文学の言葉でさえも、多くは言葉の社会的な作用に依存するものだとすれば、母の胎内でのみ雄弁に語ることができるということは、疑いもなく石原氏の「言葉」の反政治的・反文学的な特質を物語っている。そして、ほかならぬこの特質のために、氏は職業的政治家のあいだにも職業的文学者のあいだにも反撥をかき立て、そのことによって逆になんとなく無視できない存在になる。それは氏の「言葉」が、結果的に政治、または文学についてのある本質的な批評を含んでしまうからである。

石原氏の許容できるもうひとつの「言葉」は、次のような言葉である。

《僕が反芻し、理解し、収《しま》い込もうとしているもの、これはまがいない知識だ。ひとつの、偉大なる知恵だ。

そしてその知恵は、僕に、僕と僕をとり巻いて在る天体とを繋ぎ合せ、地球という天体の上に僕のある位置、そして、この無限の宇宙の中で、今、僕がいる一点を、僕の存在の極として与えるのだ。

一体誰が、いつどこで、太陽を、北極星を、月を、そのようなことのために、格子を作る金槌《かなづち》や鉋《かんな》のように使いだてることが出来るか。天測する人間以外の誰が。

僕は尚も頁をくる。

『太陽出没方位角法による自差測定法』

そこにも巡っていく天体に、僕が、僕の信じているものが、僅か2°、3°という数値ながら違っていることを教えられる術が記されてある。

反芻し、僕はまたこれを収い込む。

この一節、一語も無駄なく綴られ、それがその排列のまま、まがいのない、絶対に狂いのない、真実を告げている文章、そして、それを読み、読むことが理解と確実な修得に繋がっていくこの安らぎのようなものは一体何なのだろうか、とふと思う。

僕が日常書いて扱い、また僕の同業たちが書き出し、僕の周囲に溢れているあの文章たち。それらは、僕をただ焦だたせ、虚しくさえするが、ここに記された文章は、雑多な情念の色彩や、精神の乱響音を伝える代りに僕にこうして昇っていく太陽と僕と、彼の支配している宇宙の関係を、実感だけではなく、事実として証しだててくれるのだ。

……

それは、奇蹟的に簡単に修得することの出来た外国語のように、僕に向って突然、これまで想ってもみず不可能に近かった宇宙の天体たちとの会話を可能にしてくれるのだ。

……

夜の天測で向き合う、ポラレスや、カシオペイヤの、今受けるその明りが何万年以前のものであろうと、僕らはそれを信じない。彼らは、地球という天体の上での、たった今という時刻で僕の在る位置を証してくれているのだ。しかし彼らにすれば何万年も以前に。すると、僕は錯綜し、突然、神秘という戦慄の内に身動き出来なくなる。僕は今、何万年という時間を超えて、あの天体と会話していたのだから》(「天測法」)

天体との会話のなかに呑みこまれて行く言葉は、もとより歴史を無意味化し、否定する言葉である。しかし陸地がふたたび水平線に影をあらわすにつれて、歴史との接触が戻って来る。

《むしろ、近づき、並行して走りながら次々に開け眼に入って来る入江や岬を望みながら僕らの心中にあったものは、あるもの憂《う》い何かだった。

それは今に限らず、それまでの長い航海の最後にいつも体験する感慨だった。

航海が終るという安息や歓びよりも、その結果、自分がまた結局、陸に、あそこに還っていくという、淡く苦いような悔いでさえある。僕だけではなく、多分誰もが、身構えるような心で久しぶりに見えて来た陸を眺め直すのだ。

そうだろう。僕らは結局、あそこにはないものを追ってこの海へやって来たのだから。あるものは、あそこを逃れてさえ》（「声」）


「僕ら」のユリシーズ号が、日章旗のエンサインをかかげてダイヤモンドヘッド点に入港するのは、感動的な情景であるが同時に歴史との「もの憂い」接触を象徴してもいるのである。

『行為と死』では、歴史の否定者は海ではなくて女としてあらわれる。そこにふたたびあの胎内の安息と郷愁の主題があらわれるのは、注目すべきことといわねばならない。


《開いた窓から霧は車の中一杯に流れ込み、二人は白い闇の混沌の中に向い合ったまま動かなかった。……

二人はひと言も言葉を交わすことはなかった。話したところで、それは眼の前の白い闇にはばまれて、かなわぬ視界と同じように相手へとどくことのないように思われた。

今、互いに伝わり合い、そこに在る互いを確かめることの出来るのは、たださぐり合い、握りしめ、重なり合って結びつくことだけでしかなかった。……
あの白い混沌の中ではただ、己れの五体に氾れて感じられる感触だけがものごとを確かめられた。それは、或いは人間がその誕生の以前、育まれて来た母胎の中の混沌で感じていた、始源的な感触と等しかったかも知れない。……》（『行為と死』）――「東京」しかし、結局女のなかに海のあたえる絶対的な安息がないのは、女がやはりそれ自身の歴史を生きているからであり、歴史は必然的にあの「カインがアベルを斬り、ロムルスがレムスを斬」る葛藤をつくり出して、人を政治のなかに投入するからである。したがって、『行為と死』の主人公皆川が、自分の個人的な歴史を「国家」の歴史と結びあわせているファリダのなかにのみ充実を感じるのは、当然だといわなければならない。皆川にとって、美奈子との交わりは不完全な自己抛棄にすぎないが、ファリダとの愛は意志的な行為である。つまりそれは「公」的な価値によって聖化された愛、あるいは政治的人間のなし得る愛である。

皆川が、このような愛をスエズ戦争のなかでしか見出すことができないのは、いうまでもなく作者の日本の現状に対する批評である。参議院議員になった石原慎太郎は、政治的人間――つまり権力追求者だから国会議員になったのではなく、政治的人間になるためにひとつの意志的な自己規定をおこなったのである。依然として「言葉」は氏の難問であることを止めない。この難問をどう解くかに、石原氏の未来がかかっていることはいうまでもないであろう。「完全な遊戯」「乾いた花」及び「待伏せ」の三短篇は、私が以上に述べたことのブリリアントな系として理解されるべき作品である。

(原題「解説」新潮社『新潮日本文学』62「石原慎太郎集」・一九六九年五月)

『完全な遊戯』

この集に収められた五つの作品は、五枚の花弁のようにひとつの中心に連なっている。そして中心にあるのは、「完璧」という観念である。「完全な遊戯」では、石原氏はそれを徹底的に外面化した。「ファンキー・ジャンプ」では逆にそれを徹底的に内面化している。ほかの三つの作品のなかでは、それがいわば飾りガラスのむこうがわにある宝石のように光って、やや平俗な現代風俗に不思議な照明をあててみせる。

「完璧」という観念を愛するのは、すべてのすぐれた詩人の特権である。たとえば、マラルメの詩の晦渋な行間から突然うきあがって、私たちの存在をとかしてしまうあの《azur》というイメイジを想いうかべてみてもよい。そこには彼の「完璧」——絶対がある。しかし、石原氏の独創は、この「蒼空《あおぞら》」ににじりよって、それをつかみとろうとする不可能な行為に、あえて自分の肉体を賭けようとするところにある。マラルメの「空」は動かないが、石原氏の作品を彩る紺碧の「海」はいつも動いている。大正初年に、岩野泡鳴によってはじめてこの国の文学の核心にもたらされた象徴主義の美学が、半世紀後になって、このもっとも現代的な個性のなかによみがえったというのは何かのいたずらで、もし明敏な文学史家が泡鳴と石原慎太郎をつなぐ地下の水脈を探検してみたら、意外と収穫があるにちがいない。つまり、五つの作品を通じて、作者の気質はいつも小説家的というより詩人的である。「ファンキー・ジャンプ」は、詩とジャズのビートによって残酷に小説の内臓をえぐりとってしまったような作品だが、これほど見事に小説的なものに止めを刺した小説もまれであろう。しかし、この殺戮のなかから、石原氏の「完璧」はほぼ完全なかたちで生きかえって来る。

ところで、個々の作品についていうなら、およそ「完全な遊戯」ほど日本の批評家というものの道学者ぶりを露わにさせた作品はなかった。ここに描かれているのは、金持の不良少年たちが白痴の女を車にひっぱりあげて輪姦し、売りとばしたあげくに海につきおとして殺してしまうという話である。女が礼次という少年に寄せる淡い恋情のようなものを除いては、ここには人間的なものがすこしもない。あるのは行動の即物的な記述だけで、当然批評家たちはこの作品の倫理感覚の脱落を非難したのである。

だが、果して「完璧」という観念に人間的なものがあるか。石原氏がここで試み、成功したのは、この観念のほとんど厳粛な空虚さを、抽象化された運動の継起のなかに象徴しようとすることである。「純粋行為」がとらえられればよい。「なによりもまず音楽を」といったヴェルレーヌにとって、持続は詩人の内面の問題であったが、ここではそれが反転されて、完全に外部の事実を追う主人公の肉体の行為の問題となっている。だが、たとえば次のような文章のなかに、読者は現代の「音楽」を聴かないであろうか?

《フロントグラスがいつの間にかまた薄く曇り始めた。

「雨か、また」

「ワイパーを入れようか」

「ああ」

小さな音をたててワイパーが動き出すと、窓にとまった霧のように小さい雨の粒子の被幕が筋を引いて左右に流れ出す。

「おっ」

言って素速くハンドルを切ったが車は道に開いた穴へ大きな衝撃で落ちて過ぎた》

このようにダイナミックな文章は、かつて日本の文学で一度も書かれたことがなかった。現代音楽が、騒音や人間の叫び声を、音楽を音楽として成立させるための逆説的な手がかりとしているように、このダイナミズムは作者が自分の文学を確認しようとする反語である。すくなくともそう思って読まなければ、この佳作の魅力はおおいかくされてしまう。

「若い獣」は、この作品集に収められたもののうちでは最も早い時期に属する作品である。一九五八年に石原氏自身が監督した同名の映画はこの短篇を脚色したものだが、映画には小説の簡潔な文体はなく、そのかわりにメロドラマ趣味があった。小説という個人的な仕事と映画という集団的な作業――しかも完全な商品として製作されるものとのちがいであろう。この小説の基調は栄光に進んで行く昇り坂のボクサーと、栄光の一歩手前で挫折し、彼を商品としてつかい切ったクラブの会長の店で盲目に近い身を飼い殺しにされている元ボクサーとの対位法で、この対比の裏には文壇の寵児として讃辞と悪罵の只中にいた作者自身の感慨もこめられているかも知れない。ついでながら、戦後の文学が精力的に移植しようと試みた外国の新文学の技法はほとんどみのらなかったが、石原氏がここで駆使しているカットバックが見事に堂に入っているのは面白い。技法のための技法というものは無意味であり、必然的に新しい技法を要求する表現への衝迫がなければ文学は新しくならない、ということの例証である。殴られながら、憑かれたように榊原に立ちむかって行く進のグラブの尖端にはあの「完璧」の手ざわりがあるが、榊原はその幻影を圧殺しようとする現実のように重く、暗く、強い。

「完璧」は、「乾いた花」では一転して賭博という行為のなかに見出される。ひとりのやくざと冴子という不思議な若い娘が賭場で出逢い、「私」というやくざは娘の計算を度外視した放胆な賭けかたに彼の求めるものを見出す。一見風俗小説的であるが、作者の少々稚気めいたペダントリイの合間に、空を走る電光のように時々異様な緊張がうかびあがって来るのを見のがしてはならない。「完璧」を共有する「私」と冴子は、いわばいずれもあらゆる功利を排して「純潔」に生きようとする、「カタリ派」の異端の僧である。「カタリ派」思想を綿密に研究したドニ・ド・ルージュモンの「愛と西欧」には、この異端が肉欲を拒否し、その拒絶から生じる苦痛に「愛」の歓喜を見たということが記されているが、同衾しながら肉のまじわりを交さず、各々破滅して行くこの小説の主人公たちにもトリスタンとイズーの影が投じられているように思われる。西欧文学がこの異端の側面においてだけ、わが国の文学に摂取されるという現象は一考に値することである。

石原氏が少年の眼を持ちつづけている風景画家であることを、「鱶女」の冒頭は小気味よく証明している。実際、この日没は美しい。作者の愛する「海」が変容する刻々の光景を、うねりをおびた文体が虚心にとらえている。現代小説では、こういう率直さが登場することはきわめてまれになった。したがって読者は冒頭の一頁半ほどでもうメェルヘンの匂いをかぎとってしまうのである。そして、

《敏夫は十七歳。短く刈り上げた頭。一寸《ちょっと》長い前髪。まだまだ延びそうな長い手足。これから、いろいろ知らなくてはならないこともあるだろうが、ともかく十七歳としては満足この上ない夏の夕方だ》

というふうに主人公が紹介されれば、なにもいうことはない。奇怪な鱶の化身である野性的な女とこの少年との純潔な恋物語を楽しめばよい、ということになる。だが、この女がいかにも鱶でもあり少女でもあるように描かれているのは作者の不思議な手腕で、石原

氏のミスティシズムが知的装身具でないことをものがたっている。鱶女は彼女と肉の交りを持った男をすべて喰い殺すが、敏夫だけはその純潔さのためにかえって愛される。しかし、彼女の正体を知った村人たちは、鱶女に銛《もり》を打ちこみ、犠牲になった男たちの復讐をとげようとする、ということになると、このメェルヘンの寓意は明瞭であろう。残酷な話には惜しげもなく日光を降り注がせ、霧の中で抒情するというのが石原氏の趣味だが、この作品では日光と血とのコントラストが効果的である。

「ファンキー・ジャンプ」は、今日までのこの作家の仕事のうちで、方法的にはおそらく最大の野心作であろう。ここで作者は、小説を詩に反転させ、さらに詩の言語をジャズのビートそのものに反転させて、そのかなたに彼の「完璧」とそれをとらえようともがく麻薬中毒者の天才的ピアニストの行為のイメイジを描き出す、ということをやってのけた。特筆すべきことはこの作品にある強烈な現存感——読者が悪魔的な演奏をじかにその耳で聴いているような感覚にとらわれるということである。ここで、石原氏が彼なりにヴェルレーヌの「なによりも音楽を」を文字通りに実践しているのは興味深い。主人公の内的な持続が曲目の題名や客観的な時間の介入で遮断されるところのできぐあいも巧妙で、緩急よろしきを得ている。只、私には最後の一頁半ほどの詠嘆が、かえって「達成」された「完璧」をそこねてしまっているように思われてならない。これは、「小説」という枠を選んで小説を殺戮しようとした作者が、最後に直面してなげだした難問である。

（一九六〇年九月三十日／新潮文庫『完全な遊戯』解説）

『日本零年』

『日本零年』は、昭和三十五年一月号から昭和三十七年二月号まで、二年二ヵ月にわたって「文學界」に連載された。かつて同じ雑誌に発表された『亀裂』とともに、作者の代表的な長篇小説のひとつである。

この作品の連載が完結したとき、私は「朝日新聞」の「文芸時評」で酷評した覚えがある。今読みなおしてみても、これが『亀裂』をしのぐ名作だというような感想は湧かない。しかし、当時の私が看過していたものがあるとすれば、それはこの小説の行間にみなぎっているある深い喪失感である。『日本零年』は、『亀裂』にくらべればはるかに小説らしく書かれた小説である。しかし、この作品の世界が、小説的にというよりむしろメロドラマ的に整然と図式化されているのと逆比例して、『亀裂』にあった渾沌たる現実感は、作者の掌中から脱落している。『日本零年』の小説的世界にかならずしも共感しない私は、しかしその行間にあらわれている凄惨ともいうべき作者の喪失感の深さには心をうたれるのである。

いわば、石原氏が「小説」の技術に熟達するにつれて、現実は氏の前から飛びすさって行った。こんなはずではなかった、何かが間違っているという焦躁が、おそらく氏をかり立てて『日本零年』を書かせた原動力である。『亀裂』にあらわれた氏の分身都築明《つづきめい》とは、もちろん「ツヅクメイ」という自嘲と自己嫌悪の反映にちがいない。が、それにもかかわらず氏は職業作家としてつづいた。その結果、現実や他人が氏の前から脱落していったとすれば、氏は職業作家としての成功とひきかえに、一個の人間として何か重要なものを失ったことになる。少なくとも問題はそういうかたちで石原氏の前に提示されている。「小説家」とは氏にとっては世をしのぶかりの姿であったが、そのかりの姿の影に留保されていたはずの「真の自己」が、いつの間にか消え失せかけていると氏は感じたのである。

作者は、この特殊な喪失感を、現代人全体の宿痾として一般化してみせている。現代人は職業という「方法」によってしか他人とつながれないが、職業に従事すれば必然的に自己は破壊される。したがって現代人は決して他人とつながれず、自己恢復が可能だとすればそれは職業の放棄、あるいは破壊による以外にない。ところで職業を拒否すれば現代人は生存できないから、彼は結局意味のあることは何もなし得ず、かつ孤独なままでいるほかはない。『日本零年』で石原氏がややメロドラマ的に展開しようとしているのは、少なくとも表面的にはこの命題である。氏はその喪失感を表現しようとするよりは、むしろ解説しようとしている。そのために、氏がどうしても信用し切れずにいる「小説」という表現手段を採用せざるを得なかったのは、皮肉なことであった。

登場人物たちは、みな前述の命題を背負わされた人間たちである。北村は、父の事業を発展させて実業界に地歩を築きながら、「自分の胸の底に今、故の知れぬ苛立ちのようなものがあるのを感じてい」る。それは彼の事業が、規模の大きい「職業」にすぎないからである。彼がチチカカ湖の水を、アンデス山脈をこえてペルー側に導入し、人跡未踏の茶褐色の砂漠を緑の田園に変えようという計画に熱中しはじめるのは、それが職業を超えた仕事、「地上に爪跡を残す」自己恢復の手段であると思われるからである。

この少壮実業家が飛行機の中で出逢ったピアニスト相川良子は、夫が留学中に「金髪の愛人」と自動車事故で死んだために、人と人とのつながりに疑いを抱くようになっている。もし「妻」が一種の職業であったとすれば、彼女はその職業の無意味さを知らされたわけであり、逆に彼女の職業がピアニストであったなら、それは良子を夫から遠ざけこそしたが、決して夫に結びつけはしなかったことになる。

良子の最初の恋人だった椎名は、新聞社の政治部記者であるが、学生運動の活動家だったという前歴を持っている。活動家をやめたのは、「椎名自身の内部における挫折」のためと説明されている。しかし、彼は、記者という「職業」のあたえる「記録者」という役割に自分を限定することができない。それは、ひとつには「記者として知覚して来た政治的現実」によって、「生理的な嫌悪ばかりを育て」られるからであるが、「報道が現代にあって報道として持ち得る実質的な意味」について懐疑的だからである。「一体、どれだけの記者が、自らその記事を書くことによってそれが伝達される末端に、確実な実感で自分と繋がれる他者を感じたりするだろうか」と彼は疑い、「自分が今唯一つ持っている方法に対する不安と不信」にとりつかれている。彼は、「社会的に確かな方法を持たなかった学生運動の頃の方が、自らへの不安もなく在れた」と思いさえするのである。

これは、今日の流行語をもってすれば、「職業」のあたえる疎外感の解説であるが、同時に『亀裂』と『日本零年』の関係についての作者の自註かも知れない。そのことは、この椎名の疑惑が、彼がバアで逢った若い作家の、小説では「現実を改修できない」が、自分にはその小説という「方法」しかないという独白と照応していることからも推測できる。作者は、あたかも学生時代の自分にはあった確信が、職業を「唯一の方法」として生活しなければならぬ社会人となってから、なし崩しに失われたといおうとするかのようである。『亀裂』にもこの自己喪失の予感はあった。しかし、それはあくまでも予兆であって、『日本零年』の場合のような荒涼とした欠落感としては現前しなかったのである。

しかし、石原氏がこの大長篇で実際に行っていることは、かならずしも現代社会の機構が人間を衰弱させるという一般的命題の小説化ではない。それは、いわば、氷山の海面上の部分であって、作者はこのメロドラマの背後におそらく自分でも意識せずにもっと個人的な声をかくしているのである。それは、氏の青春喪失の嘆き、あるいは今はあとかたもなく消え失せた黄金時代への渇望とでもいうべきものだ。この声がかくされているために、『日本零年』はまぎれもない石原慎太郎氏の作品になっている。

だが、それなら、石原氏の「黄金時代」とは果して氏の青春と同じものであろうか。そうではないことを、たとえば「太陽の季節」や「処刑の部屋」などの初期の小説の過激なストイシズムが明示している。氏が描き、それによって社会的事件をひきおこしまでした青春とは、もともと反抗的青春である。しかし、反抗の結果主人公たちが獲得したのは、つねに例外なく不毛な「自由」と正当化され得ぬ「孤独」であった。つまり、この反抗的青春はあまりに容易であった。容易であるが故にそれは一種の「処刑」であり、「処刑」される青年たちは決して充たされることのない渇きに苦しまなければならなかったのである。

《〝死ぬかな〟ふと思った。

〝だとしたら下らねえ、全くドジな死に様じゃないか〟急に思った。

〝これと比べりゃもっと死に甲斐のある何かがあるんじゃねえか、いや確かにある。それが何だ、何だかわからなくたっていい、前よりは急に近づいて来たぞ。がこれだけじゃ未だ御正解とはならない。そいつを摑むまで、こんな下らねえ殺され方で満足してたまるかっ〟》（「処刑の部屋」）

「処刑の部屋」の主人公は、自分をおびやかしている死が、「死に甲斐のある」死ではないことを知っている。したがって、その生もまた「生き甲斐のある」生ではなく、欠落の上に成立している意味で「黄金時代」とはほど遠いものといわざるを得ない。もし青春が「黄金時代」でなければならぬとするなら、そういう青春を石原氏は青春の入り口ですでに喪失していたのである。それが戦後の青年の宿命であることを、氏はここでもおそらく無意識のうちに明らかにしているのである。

青春が「黄金時代」ではなかったとすれば、それはどこに求められるべきであろうか？『日本零年』では、作者の「黄金時代」回復――石原氏はそれを人間の「復権」と呼んでいる――の衝動は二つの方向をあたえられている。そのひとつは、主人公の椎名が良子とのつながりを回復しようとする衝動的行為に象徴される。すなわち「性」による自己充足である。しかし、この試みは、その背後で椎名の妻の美喜の生活を破壊し、結局自己充足が現実破壊でしかないことが立証される。あるいは「性」による自己充足は、幼年時代、さらには母の胎内に復帰しようという衝動の充足かも知れない。「太陽の季節」や『亀裂』の頃の作者には、それが現実破壊と表裏一体だという認識はなかった。だが『日本零年』にはそれがあり、女性を描くのが不得手な石原氏の通弊にもかかわらず、作者がすでに青年ではないことを思わせる。

もうひとつは、椎名が新聞記者の役割のなかで断行しようとする「現実改修」の行動

――つまり、矢代という科学者の独創的発明の利益になるように、保守党政府の米国からの原子動力購入計画を操作しようとすることである。椎名がこの計画に自分を賭けるのは、彼が矢代に特別の尊敬や友情を感じるからではない。彼の研究が日本人の手になる独創的な研究だからであり、さらに完成のあかつきには日本の原子力産業を「世界一」にする可能性を潜在させているからである。すなわち椎名は「お国のために」行動しようとし、私利私欲のために行動する保守党の政客たちに裏切られて挫折し、矢代をも破壊してしまう。

　このように考えれば、石原氏の脳裏にある「黄金時代」が、自分を超えた価値に対する献身の可能な時代であることは明瞭である。自分を超えた価値とは、性的には「母」であり、政治的には「父《ファーターラント》」の国である。そのいずれもが喪われていたために、「処刑の部屋」の主人公は、「死に甲斐のある」死を手中にできない。彼の自己虐待は、いわばそうすることによって「黄金時代」を呼び戻そうとする呪術のようなものであったが、以後五年たってもそれはついに石原氏の前にあらわれなかった。周囲の物質的な豊富さの故に、その「黄金時代」を夢み、幻滅する作者の表情は荒涼としてみえる。『日本零年』という小説は、その小説の文学的な価値によってというより、こういう作者の渇望と喪失感の記録として貴重なのである。

（河出書房新社『石原慎太郎文庫』5「日本零年」解説・一九六五年七月）

顔

先日、ある書評新聞に、石原慎太郎のと並べて、自分の顔の写真を大きくのせられた。「二つの顔」という企画の第一回の「作家の顔と批評家の顔」というのの道具につかわれたのである。私の考えでは、作家と批評家の代表にこの両名を選ぶのははなはだ適当でない。ほかにいくらも適当な道具がありそうなものであるが、これはおそらくキャプションを書いている谷川俊太郎の心やすだてだったのであろう。しかし、谷川のキャプションも、実はあまり面白くなかったのである。

彼はこう書いている。

「一人は自らの中の若さを、積極的に外部へ向って主張しようとしている。若さの持つ幸運、自負、率直さなどが、何の屈託もなくその顔に表れていて、内容と顔とのその余りにも素直な一致に、私は時折ふと不安を覚えたりもする」

この「一人」はもちろん石原慎太郎のことである。しかし、次にいう「もう一人」は、疑いもなく私を指している。

「もう一人は若さをむしろ恥じてかくしている。だがその努力の故にかえって、その顔は時に、早く大人になりたがっている早熟な中学生のように、若さをあらわにする」

一読したところ、これはいかにも卓見のように見える。しかし、当人にしてみれば、この批評は若干買いかぶりのように思われる。二十七や八の人間に、年齢をかくすなどという洒落た芸当が出来るはずもないからである。意識家の意識はとうてい顔までには及ばないのである。このことは大意識家小林秀雄の若年の頃の顔を見ればわかることで、文体に及んでいる造型の意志は顔に一指もふれることができずにいる。当時の小林氏の顔は、単に眼つきの鋭い才人の顔にすぎない。

むしろ谷川は、石原慎太郎の顔が年齢を正確に反映しているのに対して、江藤淳の顔は年齢を喪失した顔、あるいは、自分の年齢に適応できなくてとまどっている顔だと書くべきであった。石原のような映画スターと並べられれば、素人が不利なのはあたりまえで、自分の顔が不細工なのは大して気にもかからなかったが、彼の顔にあらわれている健康さや均衡感覚と、自分の顔のやや病的な不安定さとの対比には、私は愕然としないわけにはいかなかったのである。この調子でいけば、石原は三十五になれば三十五歳の顔になり、四十五になれば四十五歳の顔になるのであろう。そして八十歳になれば八十歳の顔になるであろう。彼の人生というものは自然に年輪をきざみながら、太い幹のようにいつも年齢を支え、彼はその上にまたがって小ゆるぎもしないに違いない。しかし一方の私は、三十五になっても四十五になっても、やはり坐りの悪そうな顔で、いらいらと人生や自然を疑っていそうである。二十七であることを恥じたものは、三十五になれば三十五であることを恥じるにきまっている。幸か不幸か八十の長寿を得たとしても、私が私であるからには、八十になってしまったことを恥じるにちがいないのである。いったい私にとって、年齢、時間、果ては歴史というものは、何なのであろうか。

石原慎太郎が不安定な青春の代表者で、現代の病気の大元締だというのは、おそらく広くおこなわれている俗説である。しかし、この顔を見れば、彼が至極健康、かつ良識に富んだ生活者だということがよくわかる。逆に、彼が不健康や不安定をてらうのは、青年特有の無邪気なスノビズムの一種にすぎない。一見健康かつ安定であるかのようなその批判者のほうの顔は、無残にも不健康と不安定そのものをさらけ出している。いかにも私が批評という七面倒くさい仕事に打ちこんでいるのは、そうでもして精神を緊張させていないかぎり、ひとたまりもなく崩れてしまう自分を感じつづけているからにほかならない。私は官能に対しても観念に対しても過敏であり、耽溺しやすい。そう思うから禁欲的にならぬわけにはいかなくなり、批評という難かしい芸に打ちこまねばいられなくなるのである。年齢を持たぬものは、芸という年齢をこえたものだけに安住できる。私の文章を読んでいて面識のなかった人にたまたまであったとき、君は四十位の人かと思ったといわれたことがある。私の顔写真だけを見ていたある詩人は、君は六尺豊かの大男かと思ったとおどろいていったが、実は私はようやく五尺三寸あるかなしの小男なのである。私は、こうして、自分の文章が自分の肉体をこえたことを確かめえたとき、かすかな満足を味わう。批評家の芸は文体にある。文体だけが、自分の年齢を持たない私に、均衡を恢復してくれる。私には、石原が文体を顧慮しない気持がよくわかるのである。

（一九六〇年六月）

石原慎太郎と私

作品を読んで、こいつ何てわがままな奴（厭な奴でも図々しい奴でもいいが）だろうと勝手に決めこんでいた作家が、逢って見ると案外な人柄で、わがままはわがままなりに面白く、図々しくて厭なのが一種の魅力になっているというようなことがたまにあるものである。たとえば私は中野重治氏の小説を好まない。鋭い感覚だ、見事な文章だなと思いながら、その感覚に馴染めないで反撥する。これは作者がわがまま爺だからと独り決めにしていたのである。

ところが、あるとき、文藝家協会の会合で、中野氏に逢ってみると、その一挙手一投足、論文と同じ論理で「ねちねち」と進む話術の魅力、ことごとく人をひきつけぬものはない。どうして小説にこの人の表情の陰影がのこりなく出ないのだろうか、と私は不審に思いながら、同席の文学者たちのなかで、この作家だけに一種の磁力のようなものがあることを確認させられたのであった。そういえば、中野氏の文章には、作者に逢ってみたいな、と思わせるものがないでもない。どんな顔をして「梨の花」を書いているのだろうと、知らず知らず読者は好奇心をそそられる。つまり、中野氏にあっては、人柄の魅力がつねに作品の魅力を超えている。これと逆の場合もあって、たとえば私はいつも花田清輝氏のエッセイに共感するが、一度もこの人に逢いたいと思ったことがない。なにも花田氏の人格が中野氏以下だというのではない。話しているより読んでいるほうが面白かろうという気がするからである。この推測は、先頃大江健三郎によって立証された。大江はいったものである。

「花田清輝ってつまんない人ですよ。女みたいにやさしい声を出してね」

しかし、この分類法をあてはめると、石原慎太郎がむしろ中野型に属し、大江は花田型に近いのだから皮肉なまわりあわせに出来ている。換言すれば、石原慎太郎自身の魅力は、今日までのところつねに作品以上である。その作品が、礼儀正しいのが売物で文法の先生のような年輩批評家からは悪くいわれているものの、尋常一様でない爆発力を持っているのだから、石原という人間が今日の文壇でいかに稀有な人間であるかはいうまでもなかろう。当然のこととして、そのことは、彼が小説を書き出す前から、私の注意をひいていた。

私にはじめて石原慎太郎の存在を教えてくれたのは、現在東大東洋史研究室でサンスクリットの古文書を相手に暮している、辛島昇という男である。当時、辛島も私も湘南中学の二年生だったが、石原と辛島は同じ蹴球部で、放課後グラウンドで球を追っかけて走りまわっている間柄だったから面識以上のつきあいがあった。ある日の夕方、一見五年生位に見える眉目の整った男が、ユニフォームを泥だらけにしてグラウンドから上って来るのが目につき、「あれは誰だい」ときくと、「三年の石原さんだ」という。ただし「石原さん」は表向きで、実は「チン太」というのだと声をひそめた。辛島の話によると「石原さん」の「チン太」は蹴球もやるが学問も出来て絵がうまい。上級生としては質のいいほうだ——つまり殴ったり蹴ったりという下士官根性がなく、育ちが良い男だという意見であった。育ちの方は儒家塩谷家の一族で、五歳の時経書の素読をやらされたという辛島が保証するのだから間違いあるまい。それはいい。が、蹴球ができて絵がうまいというのは気にかかる。私は蹴球も絵も下手で、作曲家になるつもりで管弦楽法の勉強をしていたが、はかがいかないのに絶望しかけていたから、超人があらわれたようなショックをうけたのであった。

翌年になるとこの「石原さん」の「チン太」と私は期せずして一斉に左傾した。私の家は終戦後急激に貧乏になっていたし、石原もその頃父上を亡くしたのではないかと思う。私たちは生徒の自治会で顔をあわせることになったが、ここでの石原のマキアヴェリストぶりは水際立っていた。彼はKという委員長をまるめこんで、私たちの動議——それはこの学校の自治会ではなんでも画期的なものであった——をうまく通してしまったのである。傍ら石原と私は、友人を語らって、湘南の先輩であり私の従妹の亭主である東大の江口朴郎教授の家におしかけ、史的唯物論の講義をきいた。私は江口家の応接間のピアノを片眼でみながら、石原というやつはこのピアノぐらい魅力のあるやつだ、とぼんやり考えたものである。ピアノがなければ、作曲家になれないのか、そんな馬鹿なことがあるものか。これが新しい観念に昂奮していた私のマルクシズムへの接近の根本にある衝動であったが、石原の心の底にあったのはどんな衝動だったのであろうか。『亀裂』や「狼生きろ豚は死ね」で、幾分彼の左傾の秘密はうかがい知ることができる。しかし、彼の一つの面にすぎないこの影すら、石原はいまだにその作品の中に定着しきってはいない。これは、この作家の未来が、いかに大きいかを示す一つの例である。

（筑摩書房『新鋭文学叢書』8三島由紀夫編集・解説「石原慎太郎集」附録・一九六〇年七月）

石原慎太郎のこと

私は人中に出るのが面倒な性分だが、石原はいつも人間が集まってザワザワしている雰囲気がすきである。従ってめったに顔を合わせることがない。新橋の駅の近くの「易俗化」――通称鍵バア――というのが石原の前進基地みたいなところで、そこに行くと、株式会社日生会館取締役浅利慶太さんから、左翼の安部公房さんにいたる多士済々が、いつもトグロをまいているらしい。有吉佐和子にかぶれたわけでもあるまいが、この頃は大分渋好みになって来て、青山二郎などという伝説的人物まで、出入りしているそうである。そのほか、ステーキの「フランクス」のフランクとか、ジャズのほうの誰やらとか、にぎやかなことである。「易俗化」に行って石原に逢いたいと思うこともあるが、ザワザワのことを考えると面倒臭くなって、ずいぶん御無沙汰している。週刊誌に出ていた写真を見たら、又ふとったようである。文士劇で兵隊さんの役をやったとかやるとかいう記事だったが、文士劇も、石原のような本格的二枚目が出るようになってからうまくなりすぎて面白くないので、観に行かないようにしている。われながらつきあいの悪い男だと思わぬわけにはいかない。

石原には妙な癖があって、それは彼が胸を叩いて「これは傑作だぞ、まあ読んでくれ」という自信作にかぎって、ろくなものがないということである。逆に身も世もないように、あの大きな身体を折りたたむような様子で、「ひとつ書いたんだけれど、いいのか悪いのかどうもよくわからない」とボソボソいっているときには、たいてい傑作を書いている。「狼生きろ豚は死ね」のときがそうで、「鴨」という短篇を書いたときがそうだった。「鴨」はいいね、と賞めると、しばらくしてから電話がかかり、今度はもっといいものを書いたから読め、という。「新潮」に載った「人間」という作品のことであるが、果たせるかな面白くなかった。「幻影の城」のときにも同じことがおこった。つまり、石原慎太郎という作家は、それほど自分のしていることに盲目なのである。彼は無意識家だが、その上に天才的という修飾語がつくところが常人とちがっている。

「読売」の文化欄に「発射塔」というコラムがあって、最初は私が書いていた。ひと月の約束がいつの間にかのびて、結局九ヵ月間書いたが、今は石原が書いていて、そろそろ八、九ヵ月になりそうだ。愛読しているが、ときどき胸元までつきあげて来ているいいたいことを、いいあらわす言葉がさがし出せなくてもたついているような文章にぶつかって、石原らしいなと思うことがある。こういう文章はあげ足がとり易くて、匿名批評家のいい餌食になっているが、その度に石原は本気になって怒っている。こういうたちの男が論争の得意なはずはない。最近、尾崎宏次さんと「幻影の城」の劇評をめぐって論争した時でも、いいたいことがうまくいえなくて地団駄踏んでいるような様子であった。傍で見ているほうがハラハラするのである。

石原はいつも重い大きな玉のようなものを抱えて歩いている。渾身の力をこめて、その玉をむきになって投げようとするが、玉はその度に手からすっぽぬけて足元にゴロリところがる。彼はこんなことばかり繰り返しているようなものだ。だが、私は石原の抱えているこの荷物が、どんな貴重なものであるかをよく知っている。小さな玉を上手に投げる作家はいくらでもいる。しかし、石原のように巨大な荷物を背負った作家は、そうざらにはあらわれない。「易俗化」で遊ぶのもいいし、文士劇を楽しむのも結構である。が、あんまり自分をすりへらすなといいたくなるのは、彼の充分には自覚していない荷物の価値を私が信じているからだ。今度あったら、そういうことを話したいと思っている。

（角川書店『昭和文学全集』6「石原慎太郎」付録「石原慎太郎アルバム」・一九六二年一月）

『石原慎太郎文庫』によせて

十年前の夏、「太陽の季節」で登場して以来、石原慎太郎氏は、そのひたむきな肉体肯定によって、ひとつの自虐的な時代精神の権化でありつづけて来た。氏は専ら作家としてポーズし、幾多の問題作を書いたが、氏の肉体はつねにその作品よりも大きく、それがまたこの特異な存在の魅力でもあった。

しかし、今、齢三十をすぎて、石原氏は、いわば若い肉体として滅び去るか、精神として生きつづけるかの岐路に立たされている。このときにあたって、氏が身をもって描いた精神の軌跡を、作品集というかたちで記録しておくことに意味がないはずはない。それが石原氏の青春の墓碑銘になるか、精神の礎石になるかは、氏自身の選択にかかっている。私は、むしろひとりの証人として、この八巻の作品集を読者の前に提出するのみである。

（河出書房新社『石原慎太郎文庫』内容見本・一九六四年十一月）

偉大なアマチュア

石原慎太郎も、このごろではすっかり中年ぶとりの気味で、おまけに腰椎間ヘルニアという相撲とりがよくなる持病に悩まされてもいるので、たまに逢う機会に近くでよく見ると、いつも颯爽としているというわけにもいかない。

料理屋で、席につくかつかないうちに、例の癖で眼をパチパチとさせ、

「ア痛テテ」

というような声を出して、女中さんに座蒲団をもう一枚持って来させると、二つ折りにして座蒲団の下に入れ、高くなったところに腰を下して、ホッとひと息つき、

「まったくいやになっちゃうな、腰椎間ヘルニアなんだおれ」

というようなことを早口にいって、

「江藤、このごろ世の中の情勢はどんなぐあいだい」

と真顔になったりする。

「世の中の情勢って、政治家なんだからそのほうは君のほうがくわしいだろう」

というと、露骨にいやな顔をして、

「おれの知らない情勢が聞きたいんだよ。文壇はどうなってるの？」

と、また眼をパチパチさせる。よく見ると彼の背広のボタン・ホールには、議員バッジなどはついていないのである。

そういう石原の表情の動きを見ているうちに、いつも「石原は変らないな」という気持になって来る。石原と私は旧制湘南中学の同窓だが、学校友達に逢っていると何歳になっても時の経過を忘れるという意味でだけ、「変らない」というのではない。小説家から参議院議員に、参議院議員から代議士へと、いくら変貌を重ねても変りようのない不思議なものが石原の個性にひそんでいて、逢うたびにそのことを再確認させられるというのである。

その不思議な個性を、なんと呼んだらいいのか私にもよくわからない。だがときどき、彼の顔をつくづく眺めているうちに、「旧い友達だからこうして石原、石原と気安くつきあっているけれども、ひょっとするとおれはよほど特別な人間に逢っているところなのかも知れないぞ」と、考えこみたくなることがある。あえていうなら、石原慎太郎とは、なにをやってもアマチュアだという、まったく不思議な人間だからである。

アマチュアリズムといえば、英国の保守政治の伝統を思い出したくなるが、これはそういう意味でいうのでは決してない。石原の個性のかもし出す雰囲気には、どこをどう押しても英国的なものはない。彼の個性はもっと南国的なもの――むしろラテン的かラテン・アメリカ的なものであって、このことはおそらく彼が湘南地方で育ったということといくらかのかかわりがあるにちがいない。

それに、アマチュアといっても、石原の場合には、いつも玄人はだしのアマチュアなのである。小説を書けば「太陽の季節」というような衝撃的な作品を文壇に投げつけて、たちまち成功をわがものにしてしまう。参議院に打って出れば、実に三百万票という空前の得票能力を示して、全国最高点当選という派手な勝ちかたをする。衆議院にくら替えをしても、東京二区という修羅場をもって鳴る選挙区で、公認もとれぬままにまたしても最高点当選をなしとげてしまう。

だから、石原は、いつもプロになるための必要条件を百二十パーセント以上みたしていることになる。それでいて、彼はプロにならない、もしくはなれないのである。あれだけの才能がありながら、石原は今日までのところプロの小説家になり切っているとはいえない。彼には、職業作家にならかならず備っている執拗さや心の狭さが欠けているからである。あるいはまた、言語の世界にしか自分の生きる道はないと思い詰める断念の姿勢がないのである。

同様に、あれだけの人気と得票能力がありながら、石原にはプロの政治家にならどんな陣笠にも附着している一種の凄味と泥臭さが欠如している。そして、おそらくこの凄味と泥臭さが身につかないかぎり、政界というような場所で玄人らしい働きを示すことは覚束ないように思われる。

つまり、このように考えて来ると、石原慎太郎とは、なにをやるにしても必要条件には百二十パーセント恵まれていて、充分条件のほうは四十パーセントしかない男だということにならざるを得ない。これは、ある意味では、資質に恵まれているけれども discipline が欠けている、といいかえることのできる特徴かも知れない。しかし、discipline が欠けているからといって、それでは特訓すればよくなるかというと、そうは問屋が卸さないから話がなお厄介になる。訓練するためにはプロになる意欲が必要であるが、石原は資質に恵まれすぎているので、もともと自己訓練に必要な危機感がまるで身についていないからである。

こういえば、あるいは人は、「それなら石原慎太郎とは、教養のない絶世の美人のようなものか」と反問するかも知れない。そういってもよいかも知れないが、私はやはりかつて彼に呈した「無意識過剰」という尊称を、あらためて石原に呈したいような気がする。

その天才的に過剰な「無意識」が、石原に作家としての修練を続けることをどこか馬鹿々々しいと感じさせ、政治家修業三昧に生きることを無駄なことだと感じさせる。

そういうふうに気を許してしまうと、ふつう人は破滅するものであるが、石原に限って、そう思いながら生きているにもかかわらず、破滅どころか成功してしまう。これでは当人は人生が面白くてしかたがないだろうと思う人がいれば、それはひが目というものであって、当の石原は、実はそんなに成功してしまう自分に少しも満足できないからこそ、次々とちがうものになりたくなるのだから、人生というものはやはりなかなかむずかしいのである。

（講談社『現代の文学』26「石原慎太郎」月報・一九七三年八月）

怒れる若者たち

新しい作家達

1

もし、現在、なんらかの文学的問題があるとしたら、それは、この混乱した、多様な日本の現実を、いかにして文学的なイメイジに転化させるか、ということ以外には考えられない。少なくとも、重要なのは、小説を書くためにはどのような条件が充たされているべきか、第一に物語性、第二に人物間の劇的葛藤、第三になになに、などといったことではあり得ない。このような考え方の特徴は、いい方法が抽出できれば、いい小説が書けるというところにある。その手本になるのは、西欧の、あるいは過去の文学作品から無時間的に抽出された規範であり、その結果はプラトーンのそれのように絶対的な、理想的な小説のイデアである。それに近い小説はすなわちいい作品であり、それに遠い小説はすなわち悪い小説であるということになる。

要するに、ここでは、究極的には小説は積木細工のようにいくつかの条件を組みあわせればできあがる、という考え方が支配的である。もちろん福田恆存氏がどこかでいったように、小説はなりものにたとえるより、たてものにたとえた方がいい。しかし、このような考え方では人の住む家は建たないと考える方が常識的であろう。つまり、そこでは小説は模型にはなるが建造物にはならない。なぜなら、そこには生きた人間がはいる余地がないからである。

われわれがその中にいるこの混乱した、多様な日本の現実と、このようなあまりに優雅かつ趣味的な文学観との間には、かなりの落差があるといわねばならない。私はこの落差は、おびただしいソフィスティケーションとシニシズムによってかたちづくられて来たもののように思う。それをはぐくんで来たものは、ひとつには一九四五年以来今日までの、表面的な——というのは、私には当時と今とで、根本的な問題がことなっているとは思えないから——社会情勢の推移であろう。しかし、文学の問題が社会情勢の推移を正確に反映している、などということはさほど名誉な話ではない。そのことは、逆にいえば、いかに文学者が表面的な日常生活の安易さだけに安住しがちであるかということ、いかに皮膚感覚以外の論理を持たないかということを証明するものだからである。

それと同時に、ここにはわれわれの精神構造そのものを決定しているさまざまな土着の思想の作用があるのであろう。あえていえば、このソフィスティケーションの積木細工を成立させているものは、かなり不健康な文化的要因であると見なければならない。つまり、それはわれわれを現実に生かし、若々しくさせるよりは、老化させ、死に近づけようとするかのように思われる。

ほかのエッセイで、私は日本の近代文学の主流となって来た私小説作家たちにとって、「文学」がいかにあいまいな実体を持った究極概念となり、作家たちが密教の修道僧に似た存在となったか、ということを指摘したことがある。しかし、最近の小説美学のいわゆる「理想的な小説」も、また一種の究極概念だという点ではかわりがない。

超絶的な規範は、作家を自由にするよりは拘束する。「文学」が私小説をがんじがらめにしたように、「芸術家小説」、「冒険小説」、「ロマネスク」などという無時間的な概念は、瞬時刻々とふくれあがって行くアインシュタインの宇宙のように逃げ去って、作家をタンタロスの業苦におとしいれかねない。このような美学的——厳密には疑似美学的——文学観が新しいとすれば、それは単に文学上のファッションの新しさであって、そのうらにある精神構造は、基本的には小説美学者たちの攻撃して来た私小説家のそれと相似形を描いている。つまりこのような新しさは見せかけの新しさ以上のものではない。

新人の新しさについても同様であって、それがどの程度文学的ファッションの新しさであるか、恒常性のある新しさであるか、つまりどれだけ彼らがソフィスティケーションから自由になり、周囲の現実の抵抗を正面からうけとめようとしているか、などということが、新人論の主題となるべきである。

しかし、その度合を判定する客観的かつ普遍妥当な基準などがあるわけはない。いっぱんにいって、一人の批評家があらゆる問題に対して持ちうる批評基準は唯一つしかない。これは客観的にいえば偏見というものであって、私は私の偏見による以外に批評の方法を知らない。だが、これと同時に、批評家が偏見を持つということは、作家が文体を持つというのと同程度の重要性を持っている、ということもつけ加える必要がある。

どんな作家でもそれが好都合だからという理由で好き勝手に他人の文体を採用することなどはできるものではない。スタンダールの文体を持つということは、スタンダールと同じ世界観、同じエネルギー、同じサイズのカラーをつけることなどを意味する。これは、ほとんどスタンダールその人になるというのと同じことであろう。

ある作家の文体が構成的でないからもっと構成的にしろということは、したがって、その作家の世界観——具体的には人間に対する態度をかえろということである。それが一朝一夕にできるような仕事でないのはわかりきったことで、そのためには内部の世界の飛躍的な変化が必要だというのも同様に明白である。もしその飛躍なしにとりかえのきく文体を持っている作家がいたら、少なくともその作家は信用するに足りない。一人の人間が、いままでの世界観を放棄して、別の世界観を持つようになるということは、政治的な革命に匹敵するほどの大事件だからである。

私についていえば、同じ理由から私は神のような客観性よりは人間の視点からの偏見の方を好む。そして作家の創り出した魅力のあるイメイジが、私に向かってあふれ出て来る時、私とそのイメイジとの間に人間的な関係が生れる時、私はその小説をすぐれた小説であるという。これは素朴きわまる基準であるが、小説的な経験というものは、おそらくほかのどの経験よりも人間的である。こうして私とイメイジとの間に生れた関係は、少なくとも文学的ファッションよりは恒常的である。

どれほど構成が完璧で、人物の出し入れが巧妙であっても、そこから溢れ出て来る豊かなものを欠いた小説は、結局死んでいる。おそらく「小説」のイデアは作家が無限に近づくためにあるわけではない。彼の創り出して行く感動的なイメイジによって破壊されるためにだけある。必要なのは干上った細胞の静的な見取図ではなく、生きて、アメーバ運動をしている細胞をうちがわから支えているものの方である。

2

《ゆっくり笑うバーテンの顔にちらっと何かすぎて通った。明には意味がわからなくとも、それが一種侮蔑の微笑であることが何故か感じられる。すると明はかっとして訳のわからぬ焦躁に襲われるのだ》(傍点引用者)

ここに引用したのは『亀裂』(註1)の一節であるが、この文章は少なくとも文体ではない。文体というものの特色は、それが現実に対する強い抵抗感で支えられているということのほかに、一つの秩序が現実に対して可塑的にはたらいているということにある。いわばそれは作家の駆使する論理のあらわれで、すべての論理がそうであるように、現実を対象化しようとするものである。およそ動的でない文体、限定的でない文体など考えるのは無意味だと思われる。

いましがた、ある作家が文体を変えることはそのまま世界観を変えることだといった。そうであれば、ここに引用した文章は、世界観のない——もしくはきわめてあいまいな世界観を持った作家の文章である。「何かがすぎて通り」、それは「意味がわからなくとも一種の侮蔑」で、「何故か……訳のわからぬ焦躁」にかられる——ここに見られる作家の手つきは、現実の抵抗感にたじろいでいるものの手つきである。しかし彼は現実を対象化しようとはせず、その表面だけをなでて通りながら皮膚感覚のとらえた部分的な印象をつぎはぎしようとする。この手つきからつたわって来るものは一種の危機意識的なムードだけであって、何のイメイジでもない。

問題をすこし発展させれば、はっきりした作家的論理——文体を持たないということは、はっきりした人間に対する態度をとらないということを意味する。文は人なりとはこのことであって、作家は文体——文章を書きながら、逆にその文章によって責任を問われる。どちらにせよ、この間の関係はきわめて緊張したもので、作家がてあたりしだいの言葉をぬれ雑巾のように現実の上にひきずりまわして、その表面をすくいあげるといったようなものではない。

さらに、右に引用した文章のあいまいさは、それが現実そのもののようにあいまいだというところにある。しかし作家の論理にとらえられた現実は、すでに現実そのものではない。小説がフィクションであるということは、一つにはこの意味においてであって、それは現実を現実でない次元に転位することによって、現実以上の明確なリアリティと説得力を持つにいたらしめようといった性質のものである。フィクションでない小説というものは、少なくとも私には、公理のない幾何学、力学を欠いた物理学と同程度にグロテスクなものに思われる。

ところで、かつて、「何故という決定を下す他の何ものをも僕らは信用しまい。それは自分の実感で決めればよいのだ」といった石原慎太郎氏は、『亀裂』においても表面的にはきわめて潔癖な「実感」派である。「実感」派の特徴は、あらゆるフィクションを現実に密着していないからという理由で信用しないところにあるが、この「実感」主義者は、奇妙なことに、自分の「実感」を小説的に(!)表現しようというのである。しかし、このような精神はいかなる意味においても文体を持ちえない。文体を持ちえない以上、その小説的表現は真の文学作品にまで高まることはめったにない。

この点で、『亀裂』はあらゆる現代的意匠ないしは問題の羅列にもかかわらず、本質的には決して新しくない。なぜなら、この「実感」尊重主義こそ、かつてはいくつかの私小説の傑作を生み、今日ではきわめて堕落した形で依然として守りつづけられている因襲的な文学的態度だからである。

もちろん、そこに微妙な、しかし重要な相違がないわけではない、『亀裂』の主人公である学生作家、都築明は、何事に対しても、あるいは誰に対しても決定的に受身な人間である。現代の「行動主義者」石原氏によって描かれたこの主人公ほど非行動的な人間はないので、これは作者の内面を期せずして物語っている。しかし都築明は現実に対していちじるしく受容的であるが、その「自我」をつねに留保している。つまりこの新しい「実感」派的人物は、自我を決して消去しないという点において、フィクションと同時にあらゆる諦観をも拒否するという点において、伝統的な「実感」派から自らを隔てているのである。

もし一種の諦観によって自己の存在そのものを否定し、世界の中に自己を消し去る寸前の一点によって、はじめて世界を描くということになれば、それは伝統的な美意識の世界である。そしてこの諦観によって支えられた現実の受容は、いわば一種の「負の文体」を生む。私小説の文章の極致というものはこのようなものであるが、石原氏は、この意味においても文体を持つことがない。

このように考えれば、石原慎太郎氏がどれほど非文学的な、不安定な位置で小説を書こうとしているかは明瞭であろう。つまり彼は「実感」派であるという点に於いてフィクションを拒否し、おびただしい肉体的エネルギーを持った新しい「実感」派であるという点において菜食主義者的な諦観を拒否する。そして自ら自分に課したこの二つの障壁の間に、「意味の分らぬ焦躁」にかられた主人公を歩きまわらせるのである。

時に、たとえば都築明が夜のホテルの一室で、向かい側の家の窓の中で無心にドラムを叩いている少年を見つめているような場面では、彼の文章は文体に近づきかけようとする。そこでは作者は無意識のうちにフィクションを信じかけている。あるいは古い自然に向かいあった時には、彼はほとんど負の文体を持ちかける。しかし、その持続はほんの数行であって、この巨大な小説の大部分には、現実そのもののように不定形な、現実そのものにふれる時われわれが感じるようなアクチュアルな危機感に充満した、なまこのような主人公の皮膚感覚の世界だけがある、という結果になる。

たえず焦躁と、詠嘆と、うら悲しい悲哀感と、それを一層かきたてる難解な「実感」哲学——の基本的発想は……は所詮……でしかないんだ、という形のものだが——をまきちらしている気の多い主人公は、あらゆる他人に対しておどろくほど寛容である。たとえば、彼は殺し屋にも、ボクサーにも、不能者の給仕頭にも、右翼青年の弟にも、組合の指導者だった亡友にも、アウシュヴィッツにも、九州の離れ島のキリスト教会にも、それぞれ感動出来る人間であり、しかもそのどれにもなろうとしない。つまりこれは彼があらゆる人間に対して責任を回避し、他人や自分の周囲の現実に対しておびえているということを意味するものである。

もしこの無定見な主人公が、彼のたえず抱いている危機意識とともに明確に対象化され描かれていたなら、『亀裂』は日本の若い「インテリ」の痛烈な戯画となり得たであろう。例によって、作者は幾度かそれを試みる。しかし作者自身が現実に感じている焦躁――それには作家としての焦躁も重なっていようが――はより安易な小説的処理の方に石原氏をさそう。というのはメロドラマティックな処理ということであるが、こうして人物は血と肉をそなえた生活をしている人間であるかわりに、マリオネットになって、あのなまこのような世界のまわりを踊りまわるということになる。たとえば、主人公と、いつも芸者役ばかりやっている女優泉井涼子との恋愛などは、ここに描かれたかぎりではファルスにしか見えない。そしてこのマリオネット達は、本来のメロドラマの定跡によって次々と殺され、いたずらに主人公の自虐的な詠嘆の対象となる。

一言にしていえば、『亀裂』には肉体のエネルギーと精神のエネルギーとの間の、いちじるしい不均衡がある。これははなはだ不健康な現象であって、このような弱い精神は、結局自己に対しても他人に対しても真の関心や責任を感じることがない。人間に対する省察を欠いた文学作品は、すべて根本において通俗的であり、人間は人形になり、感動は感傷になり、要するに一切が安っぽくなる。なぜなら、その時作家は自己の中におぼれていて、真の問題を見失っているからである。

石原氏がこの不安定な状態——文体になろうとしてならない文章、行動に転化しようとしてしないエネルギー、フィクションになろうとしてならない小説、という袋小路を描くことにおいて、きわめて誠実であることはみとめなければならない。その混乱は現実そのものに対した時のような生々しい抵抗感と危機意識を読者にあたえるが、このことによって、この不定形な作品はあらゆる欠点の下に一つの厳粛なものをただよわせている。この作品は文学以前のものであり、石原氏はいわば『亀裂』を書き終えてはじめて真の作家的自覚に達したのであるが、このような現実への豊富な抵抗感の存在は、すべての「文学的」意匠をこらしたロココ趣味にまさっている。なぜなら、あらゆるすぐれた作家は、そこから出発するように運命づけられているからである。

3

菊村到氏は石原氏とは対照的な作家であるように見える。石原氏の雑然とした無秩序のかわりに、ここには一見周到に計算されたかのような物語がある。石原氏が文法を無視して漢字の誤用を重ねながら、難解な詩的表現を分泌するかわりに、菊村氏は仮名の多い平明な文章で書く。あたかも菊村氏は文学的論理を持った作家であるかのようである。

しかし、その平明な文章の底を流れるものには意外に通俗的な味がする。しかもそれは石原氏の豊富な通俗さとはちがって、干からびた、しかも本質的にはありきたりの抒情に流れやすい通俗さである。

たとえば、

《打ち倒され、歯を食いしばり酔ったような足を踏みしめ、ただ、再度、また再度打ち倒されるためにだけ立ち上って行くリングの上の神島に、明は思っても見ない自分自身の投影を見た》

このような文章を書いている時、石原氏はさほど通俗的ではない。さきほどいった現実に対する重い抵抗感というものは、具体的にはこのような形であらわれるものであって、この文章のリリシズムには、一種のコクのようなものがある。言葉を換えていえば、ここには作家と対象との間の内的な緊張がある。もっとも、数行後には、これは次のような読むにたえない形に堕落するものであるが。

《すがすがしく、もの悲しい明自身の昇華された生き甲斐だった》

これに対して菊村氏は次のように書く。

《私には、いまこの青年の内部で、はげしくゆれているものが何であるか、はっきりわかるように思われた。富田の眼に涙がじわじわしみ出て、それがやわらかく光をはじいた》

これは「硫黄島」（註2）の結末に近い部分であるが、このリリシズムの質は、石原氏とくらべて決して高くはない。通常このようなリリシズムのことを、センチメンタリズム、あるいはヒューマニタリアニズムと呼ぶ。石原氏のそれが濃い酒であるなら、これはサイダーほどのものでしかない。サイダーがたとえばラムより通俗的な飲み物であることはいうまでもない。

　菊村氏の平明な文章とこの種のセンチメンタルな抒情との間には、おそらくきわめて密接な関係がある。彼の文章は、物語の枠に過不足なくあてはまるだけの現実のうわずみをすくい上げるという性質のものであって、感傷が、対象化するよりは、対象を自己の感情でおおいかくしてしまうような作用を持つものとすれば、菊村氏の関心は、むしろ物語を成立させるという技術的な方向にあって、それと拮抗しているべき現実や人間の方にはない。これについては後にふれるが、この点でも彼は石原氏とは正反対で、彼の小説がほとんどすべて静的《スタティック》であるのはこの理由にもとづいている。そして小説が静的だということは、ほとんど文学的価値がないというのと同じである。

　したがって彼の文章もまた、文体であるとはいえない。つまりその文章は現実への抵抗感なしに、文章そのものの自己完結的な動作だけで書かれている。彼の小説の論理性のようなもの――それは通常あやまって推理小説のような、などと評されているが――は、実は論理的でも構成的でもなく、いくつかの場面を組み合わせてつなげて行くといった、あるいは「やわらかく光をはじい」ている涙をじっと見ているうちに、その中にある意味がなんとなくわかってしまうというような、一方的な操作でつじつまをあわされているものである。もしこの程度の抒情のうちに、別の皮膚でおおわれた、自分以外の人間が理解できるものとすれば、人間というものは意外に平面的なもののように思われる。むしろ作者はこのような時、人間に対する興味よりは嫌悪感を持っている。

しかし、菊村氏の作品の中には、そのような欠点の存在にもかかわらず、佳作の域に属するものがいくつかある。「硫黄島」や「ある戦いの手記」などはその中に属するもので、ここには「不法所持」や「事件の成立」や「奇蹟」の中にはない一つの緊張がある。

《「おれは自分が生きるために他人を殺したんだ。この手でな」

片桐はふたつのてのひらを前につきだして力一ぱいひろげてみせた。そのてのひらはがっしりしていて、厚ぼったく、いかにもかたそうで、そこから鉄や油の匂いがぷんぷん立ちのぼってきそうだった。それはうたがいもなく、工場労働者のものだった》

「硫黄島」の主人公片桐正俊は、この一節で点か符号のような物語の人物であることをやめて、生活の体臭のある生きた人間のイメイジになりかける。ここにある感情はさきほどの感傷ではなくて、作者の作中人物に対する真の意味の共感のようなものになろうとしている。もし、作者が、同情したり人道主義的な感慨をもらしたりしがちな物語作者の立場をはなれて、この主人公を真剣に理解しようとしだしたなら、と考えるのは無意味ではない。しかし物語作者にとっては、人間はあらかじめ理解されたものである。さもなければ、物語の均衡を保つように仕組まれた結末に向かって、人物をはこびこむレールが最初からひかれている。

つまり、人物が人間になり、物語の作者がこの人間を理解しようとする瞬間に、菊村氏のストーリー・テリングは破滅にひんする。「ある戦いの手記」の、桐島という士官候補生が教官の井田中尉に対する憎しみにもえながら、炎天の街道を走るところなどにもこの契機はひそんでいて、一種濃い、動的な緊張感をただよわせるが、そのような共感が物語をこわしはじめる時以外、菊村氏の小説が中間小説的通俗性から離れることはない。

しかし、それにもかかわらず作者は作品を通俗化することの方を選ぶ。「硫黄島」においてすら、作者は人物が生きはじめた場所でそそくさと後退し、悪趣味な抒情や哲学で物語をしめくくる。こうして、彼の作品は例外なく尻切れとんぼで、内容貧弱のそしりをまぬがれがたいということになる。

なぜこのようなことがおこるのか？　人間にではなく、物語に最大の関心が行くということはなにを意味するのであろうか？　このような作家が一方で神の問題やカトリシズムに関心を示すのはどういうわけか。

これに対する解釈は、少なくとも二種類ある。一つは菊村氏は本質的に通俗的な資質を持つ作家で、思想的なものは知的装飾にすぎないとするものである。一つは彼の形而上的関心と通俗性とは表裏一体をなすものだとする見解であるが、私はむしろ後者をとりたいと思う。おそらく、彼にあっては物語の完成への欲求と形而上学的関心とは、一つの共通した傷痕から発した態度であって、その間の事情は、作者自身によって作品の中に語られているからである。

その源泉は菊村氏が一種の偏執を示している「罪の意識」にある。たとえば「硫黄島」の主人公にとっては、ひとりの日本兵を殺したことは硫黄島のすべての日本人を殺したことと同じであり、自分が生存をつづけることは、そのまま罪悪だということになっている。この種の罪悪感が片桐の中にと同様、菊村氏の中にも一層濃く澱んでいることは疑う余地がないので、彼にとっては、この罪悪感はキリスト教的な「原罪の意識」とひそかに同一視されている。

だが、この限りでは、菊村氏の宗教的関心もまた概して通俗的なものにとどまる。なぜなら、この種の「罪の意識」の特徴は、生存即罪というきわめて静的な形で把握されているというところにあるが、一方キリスト教的な原罪感の特徴は、一種の死が生殖につらなり、言語によって可能になった思考が、逆に言語の制約の中でのみ行われるといった人間の存在の根本にひそむ背理性を、きわめて動的にとらえているところにあるからである。逆説的にいえば、ここでは人間がすべての基準である。しかし菊村氏の中では、人間はなにかほかのあるもの、たとえば植物的な自然とか、それに類似した超絶的なものと対比されるにすぎない。これは、おそらく、キリスト教的ではなく、汎神論的な存在感であろう。

したがってここからは人間的な関心よりは人間の回避が生れる。他人に近よることすらすでに罪に近いとすれば、作者は物語の抽象的な枠以外のどの場所に安息を求めうるのであろうか。石原氏が周囲の状況や他人の存在におびえていることについてはすでにふれたが、菊村氏はむしろ人間をはなれようとしている。人間をはなれた「物語」が、彼自身の好むいい方によれば「むなしい」ものであるのはいうまでもない。しかし彼にとってはそれは「むなしい」もの以外であってはならないのである。

こうしておよそカソリック教について語っている時の菊村氏ほど、完全に異教徒的な相貌を帯びている人はいない。彼にとっての教会は、真の意味の教会であるより、むしろ超絶的な自然に近い。あるいは彼は「自然」に対するように「カソリシズム」に対している。歴史や信仰が、それに参加していないものに対してどれほど仮借なく答えるかは、彼自身がもっともよく感じているところであろう。

菊村氏の精力的な制作力の下にある不毛さの質は、あらましこのようなものである。彼の精神は文体を持たず、汎神論的傾向を持つという点で石原氏と共通し、現実や人間への抵抗感を欠くという点で石原氏よりは豊饒ではない。もし彼が通俗的な物語作者としてとどまるなら——現在の彼はその方向を指しているが——その旺盛な、しかし抵抗感のない筆力は、ある場合の井上靖氏に近い成功を彼にあたえるであろう。しかし、一般にそう見られているより、菊村氏自身にとってははるかに重大な問題である「罪の意識」を追求しようとするなら、今後の彼に必要なのは「奇蹟」のような小説を書くことであるよりも、彼の中にある存在感そのものの変質、あるいは成長である。その変質がもしおこれば、その時彼の筆力はおそらく十分の一ほどにおちるであろうが、すくなくともその作品は現在より更に人間化されるはずである。

4

ある作家が文学的ファッションを創始すると、幾人かの追随者があらわれるのがつねである。ファッションの創始者にとっては、その作品の意匠の新しさはまだしもいくらかの必然性に支えられたものであろう。しかし、追随者にとっては、おおむねファッションだけがすべてだという結果になる。彼らは追随者たるに甘んずるかぎり、決して意匠の面においてすら創始者においつくことがない。逆にいえば、彼らの中には、グロテスクに拡大された創始者の欠点の戯画だけがある。

石原氏の場合にも菊村氏の場合にもこのような現象がおこったが、開高健氏はこのような追随者の中に属する人ではない。彼の書こうとしているのは「寓話」であって、「物語」ではない。彼を菊村氏の亜流の「物語」作者であるとし、その作品を社会小説としてとらえようとするのは、自然主義的な時代錯誤でしかない。「寓話」はもともと抽象的な性格のものであるが、この作家は一種独特の事実への偏執を持っていて、「寓話」のイメイジのまわりに日常的な、瑣末な事実をつみ重ね、それとのコントラストにおいて寓話の寓話性を一層うきださせようとする。『亀裂』の主人公の「俺」と、「硫黄島」の「私」と、「パニック」(註3)や「巨人と玩具」の「私」との機能の性格の相違を比較すれば、開高氏の作品の特殊性はやや明瞭になると思われる。

すでに指摘したように、『亀裂』の主人公の「俺」は、作品の大部分になまこのように澱んでいた巨大な皮膚感覚や詠嘆の集積であった。これに対して「硫黄島」の「私」は、概して通俗的な感傷や感慨にふける新聞記者である。『亀裂』の主人公には作者自身の個性が無差別に流しこまれている。「硫黄島」では、作者と「私」の関係ないし距離は、おおむねあいまいであった。

しかし、「パニック」や「巨人と玩具」における作者と「私」の間には、截然とした距離がある。その上、ここでは「私」の面積は極限的に収縮している。『亀裂』の巨大な「俺」は、「硫黄島」では「私」の抒情の範囲に縮小し、「パニック」にいたるとほとんど正確に一つの視点に収斂する。この話者の機能化の度合と、描かれた世界の鮮明度との間には、いわば反比例的な関係があるので、このように「私」を自分から意識的につきはなして設定することができるのは、とうてい凡庸な作家のよくするところではない。つまり開高氏は、日本の作家にはめずらしく、現実よりはフィクションを信じようとしている。

このような操作によってとらえられた現実は、いうまでもなく『亀裂』における現実とは正反対の性格を持つことになるであろう。いわばそれは本来の意味での小説的な現実把握であって、実際の作者と日常的な現実との関係は、一つの変形された相似形として言葉の次元に転位されようとする。それればかりではなく、作者と話者との間に意識的に設けられた距離は、話者と彼がむかいあっている転化された現実との間にも保たれていなければならない。さらに話者は、言葉の次元に一次的に転化された日常的現実の中にいるが、彼の物語る内容は、日常性とは薄い皮でへだてられた、一種のあいまいな、詩的なイメイジに凝固して行かなければならない。「寓話」性とはこのようなもののことをいうのであって、開高健氏の作家的野心も多分その方向にあるものと思われる。彼の手法は一見リアリスティックであるが、その目標は決して日常的リアリズムではない。

「パニック」では、この意図は一応の成功を収めている。どこからともなくあらわれて、おそろしい繁殖力を示し、山林を喰い荒し、やがて時期が来ると「パイド・パイパー」のネズミのように湖水の中に溺れて行くネズミの群のイメイジは、あきらかに寓話の中の存在である。この小動物の大群に対する作者の屈折した視線——これはこの作家に特徴的なものであるが——の彼方には、たとえばはけ口をあたえられた盲目的な民衆のエネルギーのようなものに対する共感がかくされているといってもよい。

しかしこれに反して「巨人と玩具」は作者の誤算のみがいたずらに目につく作品である。

この作品には、作者がよく知っている題材を手の内に入れて思い通りにこね上げた、というようなところがあるが、結果は「寓話」ではなくて、出来の悪い「物語」であった。「パニック」ではかなり効果的に設定された「私」は、ここではきわめて不安定に動揺し、雑然とした事実に対比されるイメイジは、ここでは「私」の目の前の交叉点で自動車にひかれ、「私」の内部にあるものを変質させる新しいソフト帽だけである。そしてマスコミという巨人の玩具になる宣伝写真のモデル娘のモチーフは、当世風の人情噺のだしにしかなっていない。

しかしこの作品で特に著しい開高氏の欠点は——これは「パニック」にも共通しているが——文章に対する不可解な無感覚さにある。世の中には乾いた文体の魅力というものがあって、スウィフトやスティーヴン・クレインの文体などはその好例であるが、開高氏の文章は乾いているだけで、石原慎太郎氏の文章ほどの魅力もない。このことは彼が女を描けない作家だということとも関係があるので、「巨人と玩具」のように事実の集積と対比されるべき明確なイメイジを欠いた作品では、読後の印象は、なによりも塩気のない外米のお粥をかきこんでいる時のようなザクザクした味気なさに似ている。作品の焦点になるような部分においてさえ、彼の筆は次のような平板な描写以上にたかまりはしない。

《無数のネズミが先を争って水にとびこんでいた。明け方の薄暗い雑木林や草むらや葦の茂みなど、いたるところからネズミは地下水がわくように走りだしてつぎからつぎへと水にとびこんでいった。水音と悲鳴で湖岸はただならぬさわぎである。ネズミはぬれた砂地を走ってくるとそのまま水に入り、頭をあげ、ヒゲをたて、鳴きかわしながら必死になって沖へ泳いでいった》

このようなイメイジをとらえ得る作家は決して多くはない。だが、この文章には追随者をとらえうるほどの積極的な魅力がない。散文的というなら、これは砂を嚙むようなという意味でいちじるしく散文的な文章である。

今までのところ、開高健氏の最高傑作は「文學界」十二月号に発表された「裸の王様」である。この作品に描かれているのは、一人の画塾の若い教師が、ある成金実業家の一人息子の抑圧された不毛な生活の下から、豊富な、独創的な才能を見つけ出す過程であるが、作者のこの子供に対する共感は、次のような場面ではほかの作品には見られない情感のたかまりを生むのである。

《池の生命がほゞ頂点に達したかと思われた瞬間、ふいに水音がおこってぼくは森に走りこむ影を見た。……影の主の体重を示して森の動揺はしばらくやまなかった。ぬれしょびれた顔を水面からあげて、太郎はあえぎあえぎつぶやいた。

「逃げちゃった……」

茫然として彼はぼくをふりかえった》

この文章にはかすかな香りがある。この文章は女を書くには適しないにしろ、ここにある人物の間の明確な関係はきわめて美しいものである。いわばこの人間化された視点が、いくつかの瑕瑾の存在にもかかわらず、「裸の王様」を単なる作品以上のものにしている。「パニック」は割り切れる小説であったが、この作品はたやすく割り切れない。たとえば、この中の、土俗化されて松並木を歩いている越中フンドシをはいた殿様に描かれたアンデルセンの「裸の王様」は、形式主義への諷刺などといった日常的な次元をこえて、むしろ動的な相でとらえられた文明批評の域にまで達しかけている。一種の幸福な偶然によって噴出して来たような作者の純一な共感だけが、この作品に清潔な感動をあたえているものである。

しかし、開高健氏の作品の中には、それにもかかわらずなにかしら繊弱なものがある。建物にたとえるなら、彼の作品は細い竹の柱で造られている。彼はおそらく菊村氏以上の文学的資質の持主であり、その文章には格調と豊かな語彙がないわけではないが、その感触はむしろ軽すぎる。その意味で、私は彼が文体を確立しているとは思わない。なぜなら、それは結局現実に対する態度があいまいなところから来るものであって、作家が現実ともっとも具体的に触れあうのは、ペンの先以外にないからである。

5

《僕はもう子供ではない、という考えが啓示のように僕をみたした。兎口との血まみれの戦、月夜の小鳥狩り、橇あそび、山犬の仔、それらすべては子供のためのものなのだ。僕はその種の、世界との結びつき方とは無縁になってしまったことを知るのだ。

　僕は疲れきって悪感にふるえながら、まだ日中の温もりの残っている地面に腰を下した。僕が躰を低くすると、谷底の大人たちの黙りこんだ作業は、荒あらしく伸びた夏草の影にかくれ、そのかわりに橇あそびの子供達が急激に黒ぐろと牧神のようにそびえたってくる。そして洪水に逃げまどう難民のように走りまわる年若い牧神と犬たちの間で、夜の空気がしだいに色を濃くし、緊密になり、清らかになって行くのだった》

　ここにいたって私ははじめて文学にめぐりあう。この文体のそこには、泉のように湧き出て来る豊饒な情感が波うっている。この旋律は、貧しい三絃の楽器でかきならされた和絃のない旋律ではない。ここにはオーボエの音もきこえるし、コントラバスの響きもある。それにもまして、ここには私がここ数年来たえてみることの出来なかったある香ぐわしい匂いがある。このような一節を読む時、私の中にはキーツの詩句にある豪奢な、しかも抑制されたイメイジの波がよみがえって来る。あるいは作家にたとえるなら、ここにはD・

H・ローレンスの初期の作品、たとえば『息子と恋人』に似た夕暮のにおいがする。

石原氏の『亀裂』にも一種のにおいがする。しかしそこにはなにかしら汗のにおいのようなものがまざっている。菊村氏や開高氏の文章には、公平にいってほとんど匂いがない。このような豊かな、うねりのある、しかもなまなましい香りに満ちた文体は、大江健三郎氏以外の作家によって書かれたことがない。

ここに引用したのは大江氏の一番新しい作品、「飼育」(註4)の一節であるが、この作品は、うたがいもなく戦後の傑作の列に加えられるべきものであって、この秀作にくらべると、多くの新人の作品はどこか貧血した、蒼ざめた相貌を呈しはじめる。わずかに石原慎太郎氏だけが、これに対抗し得る質量感を持っているが、彼の持ちえない文体を、大江氏はすでにわがものにしてしまっているのである。

大江氏は何であるよりさきに感覚的な作家である。しかし、それと同時に彼は新しい意味での感覚的な作家である。彼はこのたぐいまれな豊富な感受性を、一つの厳密な、論理的な手つづきによって表現しようとする。たとえば彼が「文學界」十二月号に発表した「動物倉庫」は、同時に発表されたどの戯曲よりもすぐれているが、その理由は、この作品が数本の鋼鉄の柱のような論理で、たくましく支えられ、しかもその論理が一つの感覚的な美しいイメイジを生かすためにのみ用いられているからであった。ここに、大蛇にたべられたはずの学生が生きていて、殺したはずの大蛇が海に逃げ、すべては馬鹿々々しい徒労に終ったという、「不条理」風のテーマが語られていないわけではないが、そのテーマの構成は、ことごとく次のイメイジに収斂し、結局このイメイジだけが幕の降りたあとに残るということになる。

《事務員（ゆっくり）蛇が海へ入って行くのを見た人がいるのね……

サーカスの男（狼狽して）ええ、それは確かです。月が出たばかりの凪いだ海を、ヨットのように白く光りながら、すばらしい早さでいったそうです……》

この「ヨットのように白く光る」蛇をおいて、大江氏の思想はない。その点においてこの作家は文学的論理というものの性質をよく知っている。これにくらべれば一見きわめて論理的な開高健氏の作品は、もっとも成功した場合でさえもどこか非文学的で、あいまいなものにささえられている。つまりその論理は、論証の役に立つにしても、文学的には決して厳密ではない。

既成の作家の中から大江健三郎氏に匹敵する感受性の持主を求めるなら、第一に安岡章太郎氏をあげなければなるまい。あるいは、少し時代をへだてれば、川端康成氏をあげてもよいかも知れない。川端氏と安岡氏に共通した鋭い感受性と、天成の批評眼を大江氏もまたかねそなえている。

しかし、彼は「十六歳の日記」でも、「ガラスの靴」でもなく、「死者の奢り」や「他人の足」を書いて出発した。このことにはかなり決定的な意味があるので、川端氏のように十六歳の少年なら当然持つであろう思想的関心を排除し、死病の老人を映しとる感性と化するでもなく、安岡氏のように相手のない電話の発信音の甘美な旋律だけに耳を傾けようともしないで、大江氏は、論理や思想の支柱なしには抒情出来ない、動的な抒情家として進みはじめている。おそらくこのような抒情家を、われわれは大江氏においてはじめて持つのである。「死者の奢り」などは実存主義小説といわれたが、もしそれが、巷間でいわれるように「レディメイドの思想」に小説的脚色をほどこすという意味においてなら、彼は「思想」を語る文体などを持つことは一度もなかった。その意味でこのような批評を許した作品は彼の失敗作に属する。

「飼育」は、これまでの大江氏の作品にあったいくつかの危惧を一掃したような作品である。彼はここにいたってはじめて真の意味のフィクションを創りあげたので、その文章は一行一行のうちに重いリアリティを持った、見事な文体にまでたかまっている。さらに特筆すべきはこの世界に、めずらしく明確な輪郭を持った人間——あるいは動物達がいることである。空からふって来て牛のように飼われて屠殺される黒人兵士、牧神のような子供達、山犬、死者達、「僕」、弟、兎口、微笑みながら耳と鼻から濃い血をふいて突然死ぬ片脚の書記、まさかりを黒い牛のような黒人の飛行士の頭にうちこむ父、これを汎神論的な世界といい、ガスカールの影響を指摘するのはたやすい。しかし、われわれの周囲で汎神論的世界はこれほどあざやかな美しさで対象化されたことはなかった。われわれの中に現にひそんでいる古代が、現実の抵抗をのこりなくすい上げて脈動する若々しい樹木のような感受性で、新しい文学作品に造型されたことはなかった。ここにはなににもまして、あふれ出て来る波のような美しいイメイジがある。

この作品を読めば、過去のモデルから無時間的に抽出された規範によって小説を組立てるなどという操作がいかに空虚なものであるかは明瞭であろう。いかなる思想も、整然とした小説美学的統一も、そこからあふれでて来る豊かな感性によって支えられなければ、文学的には無にひとしいということを「飼育」は実証しているのである。

「死者の奢り」には、bookish になった安岡章太郎のようなところがあったが、次のような表現は一種の強い肉感によって、あやうく bookish であることをまぬがれた例である。

《水に濡れ、強い陽ざしを照りかえして、黒人兵の裸は黒い馬のそれのように輝やき、充実して美しかった。僕らは大騒ぎし、水をはねかえして叫び、そのうちに最初は泉のまわりの樫の木かげにかたまっていた女の子供たちも小さい裸を、大急ぎで泉の水にひたしに来るのだった》

ここにあるのはむしろ書物よりは肉化された感受性と化した教養であって、これらの行動には、作家が幼時からひもといたに違いないかずかずの書物が投影している。文学に於ける伝統というものは、このようにして形成されるものであって、おそらくそれ以外には継承され得ないのである。

もしいま私が遠い旅に出るとして、この四人の作品のどれかを持って行くことを許されたなら、私はためらうことなく、「飼育」をえらぶ。なぜなら、古びないものは、鋭い感情にとらえられた豊かなイメイジだけであり、ここにはすぐれた音楽のように、私自身を豊饒にする蜜があるからである。

「新しい作家達」補註

註1　石原慎太郎『亀裂』　文藝春秋新社　一九五八年
註2　2章で論じられる作品はすべて
　菊村到『硫黄島』　文藝春秋新社　一九五七年に所収
註3　4章で論じられる作品はすべて
　開高健『裸の王様』　文藝春秋新社　一九五八年に所収
註4　5章で論じられる作品はすべて
　大江健三郎『死者の奢り』　文藝春秋新社　一九五八年に所収

（「群像」一九五八年二月号）

政治と純粋

1　政治について

昨年来、「世界」に連載されていた武田泰淳氏の「政治家の文章」は、近頃の綜合雑誌のなかでも出色のエッセイであった。最近、岩波新書から一本にまとめられて出版されたが、そのなかに故近衛公を論じた文章がふたつある。もともと私はこの貴族政治家が好きである。武田氏もそうらしく、「ある不思議な『遺書』」「近衛の『平和論』」の二篇には、たとえば徳田球一を論じたものにはない精彩があって面白い。前者についてはすでに一、二度ふれたことがある。ここで注目したい文章は、「近衛の『平和論』」のなかに引用されている。

《……いわば世界の平和の使節、戦勝国の代表の一員としてマルセーユ港に上陸する、二ヵ月まえ、すなわち大正七年の十一月に、彼はすでに記念すべき「英米本位の平和主義を排す」を書いている。（掲載されたのは十二月号の『日本及び日本人』であった。）

（中略）

民主主義と言い、人道主義と言うが、そのもとづくところは、人間の平等感である。その「平等」とは、

「個人的もしくは国民的差別を、払拭するの意にあらず、個人としてはその個性を、国民としてはその国民性を十分に発揮せしむるにあたり、これが障害となるべき一切の社会上の欠陥、たとえば政治上の特権、経済上の独占の如きものを排除して、以てその個性もしくは国民性の発揮に対する機会を均等ならしむるの意なり。」(中略)

ただし「国士」文麿の心配なのは、

「わが国民が、とかく英米人の言説に呑まるる傾きありて、彼らの言う民主主義、人道主義の如きも、そのまま割引もせず吟味もせずに信仰謳歌すること、是なり」(中略)

現状を維持するがために「平和主義」をとなえる先進国は、かならずしも「正義人道の味方」として誇る資格はない、と彼は主張する。

「英国の如き仏国の如き、その植民史の示すごとく、早く已に世界の劣等文明地方を占領して、これを植民地となし、その利益を独占してはばからざりしが故に、ひとりドイツとのみ言わず、すべての後進国は獲得すべき土地なく、膨脹発展すべき余地を見いだす能わざる状態にありしなり。かくの如き状態は、実に人類機会均等の原則にもとり、各国の平等生存権をおびやかすものにして、正義人道に背反するの甚しきものあり。

……英国人は、自己の欲望をあらわすにあたり、道徳的、宗教的感情を以てする事に

妙をえたり。しかも、自己の野心を神聖化して、発表したる上は、どこまでもその目的を貫徹するの決断力を有す。強盗掠奪を敢てしながら、いかなる場合にも道徳的口実を失わず、自由と独立を宣伝しながら、植民地の名の下に天下のなかばを割いて、その利益を壟断しつつあり。」

さすがに河上肇の弟子であっただけに、「英米本位の平和主義を排す」には、レーニンの『帝国主義論』と似かよった議論も出てきて、私たちをおどろかす。近衛は後になって、日本の中国侵略に「道徳的口実」を見つけようと、努力しているくらいであるから、日本の「野心を神聖化する」ことに、深く精神的なるものを感じねばならなくなった。しかし、この文章の「志」は、発展好きの日本国民が、かなり一般的に抱いていたものではなかろうか。

「吾人は、黄金を以てする侵略、富力を以てする征服あるを知らざるべからず。すなわち巨大なる資本と豊富なる天然資源を独占し、刃に血ぬらずして他国国民の自由なる発展を抑圧し、以てみずから利せんとする経済的帝国主義は、武力的帝国主義否認と同一の精神よりして、当然、否認せらるべきものなり。」

今なら、さしづめ全学連の若い指導者たちでも、満足させられそうな、はげしい議論である》(『政治家の文章』一〇二―一〇六頁)

近衛が、「西欧の奇激な文学を読み耽るひがみの多い憂鬱な青年」でありながら、やがて、「政治でも実業でも、その中に深く精神的なものをふくんでいる」と言い切って政界入りをしたことを知って読むと、この一節ははなはだ含蓄に富んでいる。武田氏によれば、大正七年に書かれたこの論文は、近衛の「はなばなしくも暗い『運命』」を決するものであったという。いかにも、この論文には、日支事変から太平洋戦争にいたる日本の道程が予言されているが、しかし、いったい何故に近衛はこの道をえらばねばならなかったのであろうか？　それは、あるいは彼が、政治に「深く精神的なもの」などを認めすぎていたからではなかったか？　武田氏は、また、別のところで、近衛の小学生時代の作文の「けなげさ」、「ういういしさ」について語り、彼の「平和論」にこの「けなげさ」、「ういういしさ」の影があることを指摘している。作者は、近衛のこういうところが好きなのであろう。文学者はこの種の「純粋さ」に感動しやすく、私もその例外ではない。だが、実は、問題は近衛が政治のなかにおける自らの「けなげさ」、「ういういしさ」を信じすぎていたところからおこりはしなかったか？

政治家の内面に「純粋」なもの、「深く精神的なもの」が存在することは悪いことではない。それが彼の政治的行動にプラスするかマイナスするかは知らない。が、とにかく彼も一個の人間であって、その内面の深みにどんな宝石がかくされていようと不思議はないのである。しかし、政治に「深く精神的なもの」などのありようはずはない。むしろあってはならない。政治は詩ではない。自己表現ですらない。それは単なる手つづき、技術、無味乾燥な義務にすぎない。あるいは、政治から完全に「精神的なもの」の影をぬぐい去ったとき、政治家は自己の内面の「精神的なもの」を回復するというべきかも知れない。つまり、このために、彼は最も厳格なストア主義者にならねばならないのである。民衆が理想を要求すれば、彼は民衆に「理想」をあたえるだろう。それが蜃気楼にすぎぬことを百も承知の上で。彼は自らは砂漠の中を行きながら、恒に蜃気楼の実在を説きつづける隊商の長である。しばしば彼は自らオアシスの中にいるという錯覚を信じるようになる。が、危険は実にこのようなときにおこる。近衛公にとっても、危険はこのようなときにおこったにちがいない。

何故ブルータスはフィリパイの戦場で、シーザーの亡霊に出逢わねばならなかったか？私は近頃この問題を幾度となく考えた。ブルータスにとって、生前のシーザーは老いぼれた駿馬、皇帝の称号を欲しがってうずうずしている一個の権力者にすぎなかった。彼が恩愛を捨てて大義につき、カシアスと結んでシーザーを誅したのは、その「けなげさ」、「ういういしさ」のためである。だから彼は市民たちにむかってためらいもなく叫ぶ。

《ひざまずけ、ローマ人よ、ひざまずけ、
　そしてわれとわが手をひじまでもシーザーの血にひたせ、われとわが剣をその血をもってよごせ、
　そして隊伍ただしく市場までも進行し、

頭上に血塗られた剣をかざして、
「平和、自由、解放」と叫ぶのだ》（「ジュリアス・シーザー」三幕一場）

この時ブルータスは「理想」と自らの行為を、「政治」と「深く精神的なもの」を、シーザーの血潮に染まった剣のなかに結合していた。剣の血潮は表現された彼の「けなげさ」、「ういういしさ」であった。民衆はブルータスの「純粋さ」に酔った。しかし、マーク・アントニイの大演説は、一瞬にして陶酔を現実に、陽光の下に露出された人間の「純粋さ」を、凡庸な政治的殺人事件の証拠に変えてしまう、倉皇としてローマを去るブルータスにはこの民衆の豹変ぶりがわからない。だが、フィリパイの夜、シーザーの亡霊に出逢う頃までには、彼はそれが何に由来していたかに気づきかけている。

亡霊はすでに老いたる一権力者ではない。シーザーのかたちをかりてあらわれた「政治」という不毛な「虚空」の象徴である。ブルータスよ、汝は「理想」を信じた、すくなくとも信じようとした。汝は深くかくしておかねばならぬ自らの「純粋さ」を、政治の明るみに持ちこもうとした。しかし、人にとって「純粋」とは「死」ではないか。政治とは逆に死を人の眼から隠蔽する技術だ。汝がローマを追われたのは、汝が政治そのものを殺そうとしたからにほかならない。人間にその存在の暗い秘密を見せつけようとした軽率さの故にほかならない。誰が「死」と「太陽」を長い間凝視できるか。「深く精神的なもの」と密通した政治に耐えられるだろうか。この罪をおかした者は、自ら死なねばならぬ。ブルータスよ、フィリパイの野で逢おう。汝の命はすでに数えられている。……このような亡霊の言葉を聴きえたのは、ブルータスがすでに共和主義の神話を信じ切れなくなっているからである。ブルータスは政治に「深く精神的なもの」を持ちこもうとした故に、亡霊に出逢った。同じことを試みた近衛文麿は毒薬を仰がねばならなかった。

大正十三年に、近衛は、「時事新報」記者に語って、

《文学などに熱中していた頃は、それだけが精神的なものと考え、人生がどうとか、芸術がどうとか言っていたが、要するにそういう言葉の中に棲んで色々ともてあそんでいるのだね》

といったという。しかし、実はこういったのちも彼は「政治」という原稿用紙の上に自らの詩を書きつけようとしていたにすぎない。「そういう言葉の中に棲んで色々ともてあそんで」いただけであるが、その結果、民衆は国家の破滅と肉親の死とを体験しなければならなかった。理想家を指導者に持った民衆は不幸である。革新や革命は理想家の「けなげさ」、「ういういしさ」を必要とするかも知れない。しかし、一旦革命が成功すると、きまって彼らが排斥され、ロベスピエールやトロッキイの運命をたどるのは、もともと彼らにある「精神的なもの」が、政治の車輪をまわすのに必要な無味乾燥な現実主義と相容れないからである。それは、「精神的なもの」のなかにある非日常性を嫌悪する。デモクラシイといい、君主制といい、全体主義という。これらのすべては仮構にすぎないが、その

仮構なしには人間は生きて行けない。しかし「純粋」派は、仮構がまさに仮構だという理由で、それは否定しようと迫るのである。「精神的なもの」が個人の内面の域を超えて現実に及んだとき、「文化」である仮構は死んで逆に原始状態がおとずれる。「政治」は「文学」に侵略されることを望まない。あらゆる革命のあとに反革命が生じる理由がここにある。

しかし、過去一ヵ月ほどの東京では、「文学」が異常な雰囲気のなかで「政治」と癒着するという怪現象がおこっている。この場所を支配しているのは、シーザーの亡霊ではなく、むしろ近衛公の亡霊である。そして反西欧主義、「民主主義」とナショナリズムの秘密結婚、「発展好きの日本人」の「志」が巷に沸とうし、人々はあらそって「政治」という巨大な原稿用紙に、自分の抒情詩を書きつけるのにいそがしい。それと逆比例して、抒情詩を書く詩人は減り、小説は奇妙に色あせていくのである。そして、たとえば、何人かの作家は、原稿用紙の上に、政治思想の語彙をかりて抒情詩を書くという複雑な仕事を完成した。そのひとつの場合が、石原慎太郎氏の『挑戦』である。

2　『挑戦』について

『挑戦』とは、プロットを中心としていうなら、日本の民族資本による石油会社の外国カルテルに対する「挑戦」であり、主人公を中心としていえば、漂流する救命艇のなかで、重傷を負った僚友を刺し殺して安楽死させたという過去を持つ、海軍士官上りの石油会社員の、自らの「苛酷」な宿命に対する「挑戦」である。『亀裂』に次ぐ第二作目の長篇であるが、『亀裂』の無定形の混乱のかわりに、かなり明瞭なプロットがある。人物の配置はむしろ戯曲「狼生きろ豚は死ね」に似ているかも知れない。つまり、ここで松平帯刀にあたるのは極東石油の社長沢田であり、久の宮清二郎にあたるのはイランの石油買いつけに生き甲斐を発見する主人公の伊崎という社員である。しかし、ここには戯曲にあったこの二つの極の葛藤はない。これはおそらくこの長篇小説の根本的な欠点で、通俗的な感傷の生れる原因でもある。

もともと、石原氏の作品には、いわば「父と子」の対立ともいうべき、奇妙な原型が隠されている。『亀裂』で、主人公の学生作家が傍観者の立場しかとりえず、何人かの「父」たちと何人かの「子」たちが主人公の詠嘆のなかに浮遊していたのは、作者がまだ自らの原型をたずねあてていなかったからであろう。この世界のどこにも「母」的なものの投影がないのは不思議なことで、そこに作者の謎がかくされているかも知れない。姉さん女房風の女性は描かれているが、一度も見事に描かれたことはない。総じてこの作家の世界には女がいない。正確にいえば、女はいるが、いないも同然であって、人間扱いにされていないのである。

「父と子」の対立は、本来凄惨なものであるはずである。そこにはかならず権力関係がかくされていて、「父」は「子」をおそれ、「子」は「父」を抹殺しようとする。「父」の代表するのは秩序、日常的な価値、前章に述べたところによれば、政治の車輪をまわす無味乾燥な現実主義の掟である。一方、「子」は理想主義を、彼岸――したがって日常性の否定、死を代表する。この関係がひとつの劇をかたちづくることはいうまでもない。「子」にとって父は平俗な日常性の象徴であるが、「父」は「子」のなかにつねに死を見ている。「子」が嬰児であり、さらに胎児であれば、「父」の恐怖は一層はげしい。しかし、石原氏の作品には、このような対立は存在しない。そこでは「父」と「子」のあいだに、最初から和解の通路がひらけていて、すねる「子」を「父」が慰め、「子」は「父」を憧憬すべき対象とするのである。このような関係は、むしろ、母親のいない家族のなかに発見されるものではないか。あるいは作家自身が「父」の要素を共有し、意外にも常識的な価値にコンフォームしていることを示しているのであろうか。

「狼生きろ豚は死ね」では、劇を成立させていたのは、松平帯刀が幕府の重臣であり、久の宮清二郎が土佐浪士の刺客だという政治的対立の仮構であった。しかし、『挑戦』にはそれすらもない。沢田は伊崎に対して異常に寛容であり、伊崎はそれに甘えている。これは沢田の息子が伊崎の刺殺した戦友だったという設定によっても納得しがたいのである。劇のかわりに、作者がこの長篇に導入したのは、武田泰淳氏の言葉をかりるなら、「発展好きな日本人」の「志」である。抒情詩的発想と政治的思想との癒着はここに由来しているが、この作品の強引な説得力もここにかかっている。

小説は、主人公の伊崎が田舎芸者と心中未遂をする挿話からはじまる。彼は以前にも東京の本社の内海和子という女事務員の恋人に自殺されたことがあるが、こうして情事を重ねているのは、自分が戦争で生き残り、「生き甲斐」を失って「挫折」した人間だからというのであろうか。この部分は序章としてきわめて拙劣である。作者の悪い趣味だけが出ていて、以後のプロットの展開との間に必然性がない。何故心中の相手は芸者でなければならず、しかも主人公を愛している芸者でなければならないか。作者はその辺で大分いい気になっている。つまり、長篇の書き出しとしては慎重さを欠いている。

しかし、やがて彼は国有化されたイランの石油を、アングロ・イラニアン会社を出しぬいてはこび出すことを提案し、容れられてこの仕事のなかにふたたび「生き甲斐」を発見する。国際カルテルと民族資本の対立や、占領政策と石油統制との関係の内幕話は面白いが、ここで作者がきわめて愛国的であり、義憤をぶちまけているのは愉快である。要するに石原氏の「生き甲斐」とは、多数の人間が共通の目的のために、たとえば国家というような観念への奉仕を誓いながら協力するということであって、さらにそのなかでの英雄になることらしい。伊崎は沢田に連れられてテヘランに飛び、民族主義革命の指導者モサデク博士の病床をおとずれたりする。買つけ契約が成立すると、彼は肺患をおしてタンカーの事務長を買って出、外国の眼をかすめて石油のはこび出しに成功する。だが、帰京したときには、伊崎はすでに死に瀕していて、大喀血し、死ぬ。だが、イラン人の油を同じアジア人の日本の会社が買うという「大事業」は、西欧列強の反対やアングロ・イラニアン会社の妨害にもかかわらず、着々と成果をおさめていた、というのである。

このプロットには、たとえば、なにかの本で子供のときに読んだ、愛国的成功美談のように興味津々たるものがある。作品に力があり、タンカー極東丸がアバダンに入港するくだりなどが民族主義的な感情を喚起するのは、作者のこの悲劇的成功美談を信じる「けなげさ」、「ういういしさ」のためであろう。しかし、それにしても、万事が、たとえば主人公の病死にいたるまでも、都合よく行きすぎている。伊崎は有能な社員であるという。だが、何故この素行不良の社員を会社は解雇せず、上役や同僚は彼の傍若無人さに腹を立てないのであろうか。何故伊崎は卑俗な日常的な障害に妨げられないのであろうか。また、何故に社長も、その娘の早枝子も、主人公のかつての恋人の親友だったという社長秘書の啓子でさえも、彼に対してかくも寛容であり、その気持を理解してやろうとするのであろう。この素朴な疑問に耐えうるだけのリアリティが、『挑戦』には欠けている。

伊崎の「けなげさ」――破滅的な「純粋さ」は、元来社会的な掟や人間関係の力学と激しく相剋する性質のものである。現に作者は、沢田社長を、政治の車輪をまわす無味乾燥な実際家のように描こうとしてすらいる。しかし、ここでは伊崎は、衆人環視のなかで、ダイヴィングの選手ででもあるかのように、いともやすやすと破滅してのけ誰からも非難されない。このような「小説」はありはしない。破滅を希もうが希むまいが、人はこのように生きられるわけがなく、そうであるからには、ここに描かれた人間関係が単に虫のいい絵空事にすぎぬことは明白である。要するに石原氏は実際家を描いてもいず、理想家を描いているわけでもない。この非小説が辛くも只の悲劇的成功美談の域を超えているのは伊崎的英雄の実在を信じ、民族主義を信じる作者の無意識の倨傲さのためであろう。それをかりに「志」というなら、この作品を支えているのは、ほかならぬ石原氏の「志」である。ここでは、文学作品が、その文学的認識の深さによってではなく、時代の底流をかたちづくる政治思想と意識下で癒着することによってはじめて一種のリアリティをえているという、奇妙な倒錯が生じているのである。

近衛文麿が、その「けなげさ」「ういういしさ」をたのみすぎ、政治と「自らの深く精神的なもの」とを結合しようとして悲劇におちいったことについてはすでにふれた。石原慎太郎氏の場合にも、逆の方向からではあるが、似たようなことがいえるのではないか。文学という「深く精神的なもの」と、政治的実行とが、作家のなかで無意識に結びつき、それを当然としているようなところがありはしないか。人間を政治的に見るのと文学的に見るのとは別のことである。しかし、たとえば石原氏は、政治的幻影のなかの人物を文学的に描いている。『挑戦』の思想が、ひとつの政治思想であるというにとどまり、思想になりえていないのは、そこに伊崎的英雄の活躍を可能にする民族主義への批評が欠けているからにほかならない。これは、換言すれば、石原氏における個人的なものと集団的なものとの接点のあいまいさ、ということでもある。このあいまいな接点にかくされているのはひとつの「無意識」の水門であるが、これを通じて石原氏の作品にはほとんど例外なく通俗的なもの、不純な現実が混入して来る。文学作品における通俗的なものとは、作者が責任をとらず、時代の雰囲気に委ねている部分ということで、『挑戦』は『亀裂』にくらべれば小説らしくしあがっているために、かえってそれが眼につくのである。彼の主人公はつねに「自由」であるが、石原氏の内面は決して「自由」ではなくむしろ日本の伝統的習俗にコンフォームしている。そして、作者が知らず知らずコンフォーミティに従属していく度合に応じて、作品は輪郭を不鮮明にしていく。作家の内面に「自由」がないとき、批評の生れるわけがない。あの「無意識」の水門を開けはなしにしておいて、石原氏が「個性」を「復権」できるわけもなければ、ひとり立ちの作家になれるわけもない。

石原氏の主観における悲劇的人物が、ほとんどつねに読者には喜劇的な人物に見えるのも、おそらく同じ理由によっているであろう。たとえば、悲劇はブルータスがシーザーの亡霊のかたちをかりた政治の車輪に直面したところに生じる。しかし、主人公に悲劇的身ぶりがあって、実は対立物と密通していることが明白な場合には、悲劇の生じる余地がない。悲劇的人間は不可能に挑戦する者であるが、悲劇作者はその不可能を最初から見きわめている。作者が登場人物とデュエットをおどっている光景は、これに反して、つねにこっけいでしかない。『亀裂』の頃にくらべれば、たしかに石原氏は小説らしい小説が上手になった。しかし、ここには「狼生きろ豚は死ね」にあった人間関係の動力学もなく、『亀裂』の愚直さもない。自分の外側になにひとつ障害を持たぬ主人公を妨げる唯一の障害は突然の肺患であるが、もし伊崎が病気にかからぬことになったら、『挑戦』はほぼ完全な愛国的成功美談になっていたであろう。彼の唐突な死は、もしかすると「この悲劇的人物」の喜劇性にテレた作者の、苦肉の一計であるかも知れない。

3　『蒼き狼』

石原慎太郎氏の粗大な作品にくらべれば、やはり今月完結した井上靖氏の長篇『蒼き狼』は、緻密に、慎重に構築された大叙事詩である。しかし、ここにもやはり今日の反西欧主義、「日本人の志」の微妙な反映があるのは不思議なことである。勿論井上氏に『挑戦』の作者の国士風があるわけではなく、この壮大な成吉思汗伝が計画されたのはすでに十年の昔だというから、時流に投じたと解するのは曲解であろう。『蒼き狼』では一切が井上氏の内面から発している。『挑戦』に共通しているのは、一種の非近代的人間観であるが、この背後には、あるいは二つに屈折した日本浪曼派の影が投じられていないものでもない。だが、すくなくとも井上氏には、「深く精神的なもの」と政治的実行との結合はない。かりに、「深く精神的なもの」の外面化――行動による内面の圧殺という傾向はあるにしても。『蒼き狼』が文学作品たりえているのは、このためである。

この長篇の前半では、鉄木真（成吉思汗）は、逆境から生い立って部族を糾合し、モンゴールの首長になる果敢な青年である。彼にはモンゴールの古譚にうたわれた「上天より命《みこと》ありて生れたる蒼き狼」にならなければならぬという、強い内的な衝迫がある。モンゴールの男はすべて「蒼き狼」であり、女はすべて「惨白き牝鹿《なま》」でなければならない。しかし、鉄木真はそれを自らの行動によって立証しなければならぬ宿命が負わされている。なぜなら、彼はビルジギン氏族の首長エスガイ・バガトルの長子でありながら、彼の実子であるかどうかを立証する術を持たぬから。母ホエルンは、メリキト部族に掠奪されて十数度犯されたのち、ふたたび奪われてエスガイの妻にされ彼を生んだ。鉄木真はモンゴールではなく、単にメリキトにすぎぬ者かも知れない。彼にのこされた唯一の途は、モンゴールになること、いかなるモンゴールよりもモンゴール的な人間になることである。つまり、それはあくなき残忍さと、鉄の規律と、侵略に次ぐ侵略を意味する。彼がモンゴール帝国の統一を目ざしたのは、メリキトとモンゴールの区別をとりはらって自らの血の不純さへの疑いを無意味にしたいがためにほかならない。この長篇の後半は、こうしておこなわれたおびただしい侵略行為の羅列である。彼の衝迫は、自らの長子ジュチの血に対する疑いによってさらに強まる。ジュチは、やはり他部族に奪われた妻ボルテの腹に生れたのである。

「不純」な血への疑いを背負わされて生れたために、「純粋」になろうとして無窮動をつづけねばならぬ者、という主題は、興味深い主題である。『蒼き狼』における父と子の関係は、まさに古典的な権力関係であって、鉄木真を見るエスガイの眼、ジュチを見る成吉思汗の眼には、「子」を見る「父」の恐怖がつねに映じている。しかし、それより重要なことは、成吉思汗が自らのなかに「父と子」を併存させていることであろう。彼は破壊するために組織し、さらに破壊するためにさらに多くのものを組織する。組織する彼は典型的な政治的人間であり、あらゆる「深く精神的なもの」を排斥して無味乾燥な実務をやりとげる実行家である。しかし破壊する彼は、いわば文学的人間、内部における「純粋」への激しい希求を、敵の抹殺と文化の崩壊という外部の証拠によってたしかめつづけようとする者である。読者は外面化された「純粋」とは「死」にほかならぬことを、成吉思汗の侵略の記録によって思い知らされる。ドイツ第三帝国でなくても、あまりにおびただしい「純粋」によってあがなわれた帝国は存在しつづけることが不可能である。成吉思汗は死ぬが、やがて彼の帝国が崩壊するであろうことは予感される。

この長篇のすぐれた部分は、前半である。そこでは鉄木真の内面に作者の眼が向けられ、彼のおびえがことごとにえぐり出される。そして、井上氏のひそかな歌が点綴され、ひとりの兇暴な青年のイメイジが作者の愛する歌でくまどられる。相変らず平板で、格調に乏しく、きわめて常識的な文体の肌触りがあまり気にならないのは、鉄木真と作者との緊密な関係のためであろう。後半になると、戦争と侵略の克明な記録に忙殺されて、小説は小説というよりむしろ年代記に似て来る。しかしそれが単なる年代記を一歩ぬいているのは、叙述の底に大きな時間が流れているからであろう。たとえば、サマルカンドの駐営で、外国の豊かな風俗をわがものにした同胞を眺めながら、依然としてモンゴール服を着けた老成吉思汗が、

《自分が可汗の位に就いて、何日間かに亘ってその祝いが行われた時、自分の幕舎の前で、汚い身なりの老婆たちが単調な動作で、同じ歌を何十回も何百回も繰り返しながら踊っているのを、ある感慨を持って眺めたことのあったのを思い出した》

というようなくだりで、その時間は露頭する。読者はモンゴール服が彼の純粋への執着の象徴であること、それにしてもずい分長い時間がたったものだ、ということをあらためて思い知らされずにはいない。だが、この時間が、成吉思汗の内部の無窮動を、どのように変化させて来たかについては、作者はほとんど何も語らない。侵略は結果であって、結果である以上、単調である。もしそれを支える成吉思汗の内面の火が明確にあとづけられつづけていたなら、読者は、小説的年代記のかわりに、ひとりの悲劇的な人間のイメイジを得ていたであろう。『蒼き狼』は後半にいたってにわかに平俗化される。井上靖氏は一

個の文学作品を創ったが、小説も書かず、悲劇も書きえなかった。いや、悲劇になりうる人物を、井上氏は平俗な人間のように老いさせた。抒情詩人によって試みられた長篇小説は、しばしばこのような終りかたをする。それは、あるいは、作者がその単調な散文のかなたで、ひそかにあのおびただしい「純粋」——「死」に酔いすぎていたからかも知れない。

（「文學界」一九六〇年八月号）

シンポジウム「発言」序跋

序　討論の意図について

既成の社会的、芸術的価値に反逆しようとする若い年代の芸術家たちが輩出しはじめたのは、ここ数年来の世界的な傾向である。彼らは、英国では「怒りっぽい若者たち」と呼ばれ、米国では「ビート・ジェネレイション」と呼ばれている。同様の現象は日本においてもまた顕著だといえるだろう。しかし、呼び名が違うように、彼らは国際的な共通性とともに、それぞれの国に特殊な社会的、文化的伝統の制約から来るある種の相違をもっている。正確にいうなら、彼らは、異なった伝統のなかで、同時に、似たような反逆者の「役割」をになっているというべきかも知れない。伝統が異質であれば、反逆の志向が二つの国で正反対のこともありうるし、また事実そうである。たとえば、「怒りっぽい若者たち」が一般に政治的であり、社会に参加しようとするのに対して、「ビート・ジェネレイション」はむしろ現実離脱を求めようとする、というように。

日本の若い反逆者たちは、それならどのような方向を志向しようとしているか。多くの場合、彼らの主張や行動は、より年長の人々からの疑惑と不信とによってむかえられ、両者の間には不幸な断層が存在するかにみえる。それはなぜか。しかも、好むと好まざるとにかかわらず、これらの「反逆者」たちはやがて遠くない将来に彼らのいうところの新しい価値の「建設者」の役割を引き受けねばならぬ位置にいる。彼らに果してそのことに対する責任の自覚と具体的なプログラムがあるのか。あるいは、一様に「若い」芸術家と概括される彼らが、果しておたがいに共通点を持っているのか。要するに、彼らはある「流派」であるのか、それとも個々別々の個人的な主張をもった人々の集まりであるのか。

このような点についての正確な判断は、私の考えでは、日本の若い年代の作家、芸術家たちについていまだに下されていない。彼らはおおむね野蛮人でなければ英雄の扱いをうけている。これは不幸なことであって、逆にいえば、彼らがいまだに冷静、かつ真剣な批評の対象になっていないことを意味している。支持も反撥も、概して感情的であり、感情的である以上、それは決して正確でない。正確でない以上、より年長の人々と今日の若い年代の創作家たちとの間にある断層を埋める手がかりを見出すことはきわめて困難である。もしそれが埋めないでもよいものであるとしても、その場合、果して今日の「若い」芸術家たちは、創作にたずさわるものとして、あるいは一人の社会的存在として、本質的に「新しい」ものを戦後の日本にもたらすことができるであろうか？　このような点を確認しておくことは、今日、ことに必要のように思われる。なぜなら、戦後十四年を経て、私たちはひとつの転換期にさしかかっており、しかもそのなかでおおむねむかうべき方向を喪失しているように見えるからである。彼らは、今、ここで、どのように生き、考え、ここの混乱をどう引き受けようとしているか。

ここに集められた九つのエッセイと、それにつづいて行なわれた討論は、右の諸点を確認するために行なわれた。参加したのは、浅利慶太（演出家）、石原慎太郎（作家）、大江健三郎（作家）、城山三郎（作家）、武満徹（作曲家）、谷川俊太郎（詩人）、羽仁進（記録映画監督）、山川方夫（作家）、吉田直哉（NHKTV「日本の素顔」プロデューサー）および私である。私は「三田文学」および河出書房新社編集部と共同で、全体の編集と討論の司会の任にあたった。参加者の仕事の分野は、音楽、映画、演劇、文学、テレビジョンにわたっている。現代は、放送局という機構のなかで、それによって仕事をするという新しいかたちの創作家を生んだ。吉田直哉は「組織の中の人間」である新しいかたちの創作家として、討論に参加したのである。平均年齢は、おそらく二十代の後半に求められるだろう。討論はおのおのの提出した論文を回読し、相互に批判し、そこから抽出された論点について自由討議を行なうという方式で進められた。これに加えて、さらに自由討議を補足するための短い論文が参加者のおのおのによって書かれるはずである。

九篇のエッセイを卒読しての印象は、参加者の関心がもっぱら自己にあり、外部の客観的な現実にはないかのように見える、ということである。これは、しかしながら、かならずしも彼らが自分の内面を信じているという意味ではない。さらに、これらのエッセイからお互いの共通点を見出すことは、相違点を見出すよりはるかにむずかしい。しいて類別すれば、石原慎太郎、浅利慶太、大江健三郎らのエッセイには共通の発想があり、谷川俊太郎、武満徹らのものはこれを裏返しにした発想がある。また、山川方夫と吉田直哉の論文はいくつかの部分で共通性を持っている。羽仁進、城山三郎のエッセイは、これらのどの分類にも属していない。しかし、参加者のなかには、要するにみんなが同じことをいっているのだと主張するものもないわけではなかった。……これは、私にはきわめて不思議なことである。

とにかく、これらのエッセイに、今日の若い年代の創作家たちの孤独な焦躁と怒りと未成熟な内面が吐露されていることは疑うべくもない。問題は誰がそのことを自覚しているかというところにある。そして、果して彼らが、彼らに不信と嘲笑を投げかけている年長の人々と違っているか、というところにある。一々の論文や主張については、最後に私見をのべるつもりなので、ここでは、この討論の進行係をひきうけることが、批評家としての私のひとつの責任感にもとづいていることを明らかにするにとどめたい。それにしても、責任をとるということは、疲れる仕事である。ことに、自らを信じることの篤い人々の言動に対してそうしようとするときには。しかし、私の仕事は、それを倫理的に要請する性質のもののようである。

（「三田文学」一九五九年十月号）

跋　討論の結果について

この討論の母胎になった企画について、私が「三田文学」編集部から相談を受けたのは、一九五九年春である。この企画は同年五月下旬頃から実行に移されはじめた。ほぼ時を同じゅうして、大江健三郎の『われらの時代』と、石原慎太郎の「ファンキー・ジャンプ」が発表されたが、これは私の同時代作家たちに抱いていた期待と危惧を、なかんずく危惧を再確認させるに充分な作品であった。討論の必要性は、これらの二つの作品によって、ほぼ決定的に実証されたのである。彼らは不幸な空転を開始しはじめていた。彼らは、ひとり作家にかぎらず、同時代者の間での徹底的な相互批判によって、自己をたしかめるべきところに来ている。そのような自己検証なしでは、絶叫はいよいよ空疎なものとなるであろう。

最初の準備会は七月下旬に開かれた。このとき、すでに提出することを申し合わせてあった論文を八月十五日までに脱稿すること、討論を八月三十、三十一日の二日間東京で行なうこと、の二点がきまった。出席者のうちには参加するはずだった観世栄夫もいたが、観世は大阪労音公演の予定が変更されたために討論に加われなかった。最初参加するはずであった有吉佐和子も、米国留学直前の多忙にさまたげられて不参に終った。ちなみに、

「文學界」一九五九年十月号の、「怒れる若者たち」という座談会は、この討論とは全く無関係に企てられたものである。この座談会には、橋川文三、村上兵衛、石原慎太郎、大江健三郎、浅利慶太、及び私の六人が出席した。橋川、村上両氏は、俗に「戦中派」と呼ばれているやや年長の人々であるから、編集部の意図は、「戦中派」と「戦後派」を嚙み合わせるところにあったのであろうか。ともあれ、この座談会は、英国から輸入された「怒れる若者」という言葉を一般化して、狭義には若い創作家たち、広義には現代日本の反逆的青年の渾名としたという、記念すべき役割を果した。

討論の第一日目に行なわれたのは提出論文の相互批判である。第二日目は自由討議についやされた。この間、激論すること前後数時間、酷暑とあいまって出席者はかなり疲労した。「三田文学」十月号の刊行は、予定より遅れて、「文學界」十月号の「怒れる若者たち」の発表よりおよそ一月後になったが、この討論には種々雑多な反響が寄せられることになった。一々列挙する煩に耐えないので、省く。が、例えば、「群像」十二月号の河上徹太郎「新人の栄光と不幸について」はそのひとつの例であり、「世界」十二月号の座談会（竹内好、堀田善衛、開高健、江藤淳）「混沌の中の未来像」、「中央公論」一九六〇年一月号の吉本隆明「戦後世代の政治思想」は他の例である。読者は巻末に付せられた「読売新聞」文化欄での「意見と異見」によって、反響の一半を推測されたい。私自身もまた、「新潮」十一月号に「同時代作家への失望――文学・政治を超越した英雄たち」、「朝日新聞」に「今はむかし・革新と伝統」を書いて、討論の結果に対する否定的態度を明らかにせざるをえなかった。

今、その論旨をここにくりかえすのは私の本意ではないので、避けようと思う。しかし、私が現在ますます同時代の創作家たちに対する危惧と失望の念を深くしていることは、ここで告白せざるをえない。失望は単に彼らの作品についてだけではない。むしろ彼らと時代とのかかわりかた、そのかかわりかたのなかにおける彼らの創作家として、あるいは人間としてのありかたに関している。もちろん私が索然としたものを感じるのは同時代者たちについてだけではない。だが、私が批評家としての夢を託してきたのは他のどの年代に対してであるよりも同時代者たちに対してであったから、失望は当然私自身の夢にかえるのである。私はかつて『夏目漱石』のなかで、漱石が幾度もその生涯に経験し、好んでその作品の主題とした「幻滅」を論じたが、このとき「幻滅」は主題ではなくて体験であった。「体験」は軽々しく筆にするべきではない、というのは態度を明らかにすることは、いくらかの勇気があればさほどむつかしくはないが、なにを体験したかを知ることは、それよりよほど困難なことだからである。つまりそこには勇気以上のもの、忍耐が必要だからである。

一言にしていえば、もちろん私をもふくめて、現代の「知的」青年はきわめてチャチである。彼らの年長者の多くがそうであるのと同様に、あるいはそれ以上にチャチであり、浮薄であり、あまりに善良である。彼らは独創を行なうと信じて模倣する。最新の世代に属すると信じて明治以来日本の青年がたえずくり返してきた不毛な情熱を再演しようとする。彼らは芸術を信じ、政治を信ずるがゆえに、たやすく芸術や政治に絶望する。また彼らは自己を信ずること篤いがゆえに、過去や周囲の現実に盲目になる。彼らは、要するに、日本の近代に生きてきた青年の大部分同様、あるいはそれ以上に、きわめて信じやすく、逆にいえばそれだけ絶望しやすい。これは彼らが自らの行為についてきわめて無意識であるということの、この上ない証拠にほかならないのである。

信じやすく、絶望しやすく、無意識的であり、ファナティックである。これはまた、現代の「知的」青年が一向に知的ではなく、受動的、心情的、女性的であることの証拠である。はじめに自己がある。しかしその自己は決して鋭利な、徹底的な自己検証を経ていない。この討論に出席した創作家たちが一般に批評に対して過敏であるのはこのためで、人は、自己の知らない自分を他人が識っていることに耐えられないのである。なぜそうなのかという反問に対しては、あるいは、彼らが総力戦という巨大な力によって知らぬ間に凌辱されて女性化し、さらに外国軍隊の占領という外圧によってそのことに無感覚になったためだろう、と答えることもできるかも知れない。が、この答はやはり一面的であって、原因はひとりひとりが尋ねるべき性質のもののようである。それを知りえたとき、青年は受動的、心情的、女性的であることからはじめて自己を解放するであろう。

討論の司会をしながら、私はしばしば青春というものの醜悪さについて考えた。この青春のみならず、一般に青春というものがいかに醜悪であるか。その醜悪さを俎上に上せて玩弄する人々のいかに無感覚であるか。血なまぐさい夢と期待と警戒心と敵意にひたりながら、漠然と「主張」している「可能性」なるものがいかに軟弱で、なまこのように猥雑なものであることか。「序」に書いたように、私は石原慎太郎や浅利慶太の発言に対してはなはだ懐疑的であった。そして山川方夫や吉田直哉の意見をききながら、これはまことに正論であろうと思った。だが、正論には正論のいやらしさがあった。石原、浅利、大江健三郎らが、盲目に猪突しようとするなら、山川方夫や吉田直哉は、誰が聞いても正論であると思うようなことをいいすぎていた。換言すれば、彼らはあまりに完全に他人に属しすぎていて、自己と自己の発言との間にのぞいて見える隙間には気づいていないかのようなのである。いったい、誰が本気でここで延々とのべられているような「発言」を信じているのか。これほど上手に自分の行動を説明できるとはどういうことであるのか。結局は言葉――流行の、悲愴な色調にいろどられた概念が飛び交うだけで、私には彼らの存在のふれあう姿はついに見えなかった。たとえば、孤独であるというような言葉が容易に交換される。が、中途半端に孤独なだけで、孤独の中できたえあげられたような言葉は、ついに誰の口からも発せられはしなかった。討論というような席にそのような言葉を期待するのは正当ではないとしても、これはやはりかなり病的な現象のように思われるのである。

したがって、相互批判は結局満足な相互批判にはなりえていない。自由討議もまた騒然たる情熱の発散以上のものになりえなかったと思う。なによりも不本意なのは、参加者が個々独立の人間である以上に、ついにあいまいな「仲間」でしかないかのように見えたことである。例えば、谷川俊太郎の言った、自分は妻を愛することにしか真実を感じないというような意味の発言が、「暖かい」共感によってむかえられるという感傷的な光景は、「仲間」うちでしか見かけられぬものであるにちがいない。それが誤りだというのではない。が、こういうことは、そう不用意に口にのぼらされるべきではないし、人がそのなかにかくし持っている秘密の部分が、そう安直に伝達されるわけもない。そしてそこにあいわたらぬ「愛」というものが、果してどのようなものであろうか。逆に、そこにあいわたらぬ「愛」を「暖かい」共感で理解しうるということは、この感傷的な光景は討論の参加者たちにあの秘密の内面というものが全く欠けているのではないかという危惧を深くさせたのである。

自由討議で論じられたのは、（1）芸術家と実行の問題、（2）社会と個人の問題、（3）世代の問題、（4）日本文化の伝統の問題、（5）連帯の問題などについてであった。これらのすべてに論及されているが、すべてが未解決のままにうちすてられているのは前述の通りである。これらの主題は、シンポジウムという形式をとりはしなかったとしても、文明開化以来の青年が、異った時代に、異った環境で、異った語彙を用いながらくりかえし論じてきたものに相違ない。だが、いかにそれがつねに同一であり、問題の展開に進歩がないか。いや、逆に問題の輪郭が時代を追っていかにあいまいになりつつあるか。それにもかかわらず、私たちが日本の知的、精神的近代の伝統を所有しているのは、そのなかで孤独な努力をつづけた一握りほどの先覚者がいたからであろう。歴史は——すくなくとも精神の歴史は、あいまいな「仲間」や「集団」によって形成されない。少数の孤独な人間の忍耐によって、人にはさだかに見えぬところで徐々に形成されていくのである。その結果は容易に陽の目を見ない。が、一旦それが露頭したとき、人々は自分たちが知らぬ間に今まで未知な世界にいることを発見しておどろく。現代の知的青年にも、そろそろ、このような孤独な精神の実験室に還るべき時期が近づいているようである。いや、「還る」というのは正確ではない。いったいその密室を自分が持っているのかいないのかを、自らに問うところからすべてがはじまる。一般的な堕落と頽廃がはなはだしければ、なおさら、知的青年には現代をはなれるという義務が負わされる。討論の参加者のうちの誰が、この困難な道を歩むであろうか。あるいは、すでに、私の知らぬ場所で、私の知らぬ強靭な精神の所有者によって、努力が開始されているのであろうか。さしあたり、私は、自分の「醜悪」をまぬがれない「青春」の余塵をかぶりながら、私自身の密室に降りていかねばならぬ。それはどこにあったか。人がなしうることはたかだかどれほどのものであろうか。

（一九六〇年三月／河出書房新社『シンポジウム発言』）

文学・政治を超越した英雄たち

1

武田泰淳氏の「政治家の文章」(「世界」一九五九年九月号)には、政治家の文章についての興味深い考察がある。ここで論じられているのは宇垣一成の日記であるが、武田氏はそれについて、他人のエゴイズムについて「呵責」ない批評者であった宇垣が、《こと「帝国」や「吾一身」のこととなると、彼の人間論の手がかりとなっているはずの、その大切なエゴイズムを一片だに見る能力を失っているのは、どうしたことだろうか》

といい、この種の無能力、あるいは「自信」こそが、文学者と実行家をわかつものだ、という。鷗外、漱石、荷風、龍之介の誰ひとりとして、《光輝ある三千年の歴史を有する帝国の運命盛衰は繫りて吾一人にある》云々などという気はずかしい文章は書けなかった。書けなかったからこそ、彼らは文学者になったのだ、というのである。

この批評は、宇垣一成とこれら四人の文学者に関するかぎり、まさしくあたっていると思う。そしてまた、この種の「自信」ある実行家のみが世の中を動かし、「自信」なき文学者はあえて「帝国の運命盛衰」にあずかろうとしなかったというのも、事実である。しかし、果してすべての文学者がひとしく自己のエゴイズムに明晰だったであろうか。また、現に今日の新進文学者たちが、本来文学者のものであるべき明晰な人間論の系譜をうけついでいるであろうか。むしろ現在では異った事情が生れかけている。ということは、あたかも宇垣一成のように書く文学者、書かないまでも宇垣同様の「自信」をもっている芸術家たちが出現しはじめたということであって、このような人々に武田氏の古典的な規定を適用するのはおそらく妥当ではない。

先頃、私は「文學界」(一九五九年十月号)の「怒れる若者たち」という座談会に出席した。また、そののち、「三田文学」のシンポジウムの司会をして、同時代の文学者や芸術家たちの考えにかなり深くふれる機会を得た。これらはいずれも貴重な経験である。経験は人間の内部を変える。今後、私はこれらの人々を以前と同じようには見ないだろう。幸いなことに、彼らはみな面白い人間であった。ある者については明らかにその作品より人間のほうが面白かった。しかし、正直なところ、そのいずれの席でも、私はおびただしく疲労しないわけにはいかなかったのである。

それは、かならずしも私が肉体的に虚弱であるからではない。そもそもお互の間にまるで話が通じていないからであり、それにもかかわらず多くの人々がそのことに一向平気だからである。みなが何かに陶酔している。他人の言葉をうけつけぬほどに「自信」満々でもある。このような時、話は通じさせようとするもので、討論というのは自己陶酔ではなく説得の交換にあるのではないかと思っている人間は、疲労するのがあたりまえである。ことばが通用しないということは、すくなくとも私には苦痛である。しかし、私の多くの同時代者にとってはそれが苦痛でない。しかもそこに出席していた人々の大部分は作家だというのに。

たとえば、シンポジウムの二日目に、提出論文の相互批判が終り、自由討議が開始されるや否や、ことばならざる怒号、意見ならざる感情の奔出は、ほとんど眼をおおいたくなるほどのものであった。そこでは、現代における行動のパターンはことごとく出つくしているという意見が圧倒的である。その理由は、国家に対する忠誠もマルクシズムに対する献身もことごとく無駄だということが立証された以上、のこされた道は権力者になることか性的な結合に没頭するしかないからだ、というのであった。要するに大義名分がなくなったから公然と酔うことができないという。価値はつねに外側にあり、自らの内面が省察されることはない。個人的な生活というものの意味などは、はじめから認められていないのである。

彼らは人生が単調であって、なにも酔わせてくれるものがないことに憤っている。だが、人生が単調なものであることぐらい、はじめからわかり切ったことで、それに耐えるところから思想や芸術が生れるなどということは念頭に浮ばない。このようにいう人々が文学者や芸術家である。現代の日本では、文学者や芸術家が個人生活の意味を認めないという事態がおこりかけている。彼らは自己の内面を信じてはいないが、自己を信じている。これは奇怪なことというほかないだろう。

シンポジウムに参加した演出家の浅利慶太氏は、「自分は明日からの生きかたを賭けてここへ来ているんだ」というようなことをいった。私は内心この発言がはなはだ不思議であった。一生懸命生きようとしているのはなにも浅利氏だけではない。この激烈な生存競争の中で、自分を賭けて生きていない人間がどこにいるだろうか。だが、こういうところを見れば、浅利氏には自分がよほど特殊な人間だという「自信」があるにちがいない。このような「自信」の持主はひとり浅利氏だけではない。出席者の多くがそうであることは、たとえばTV演出家の吉田直哉氏の発言に対する反論の激しさによっても明らかである。吉田氏は、現代では「若い世代」の反抗は結果的には彼らの「敵」への迎合に終り、「反抗」は突飛な「演技」として評価されるにすぎない、といった。これに対する大江健三郎氏の反撃はことに激越をきわめ、そのなかで吉田氏の発言の不用意な点はことごとく論破されてしまった感があった。まったく、「他人のエゴイズムについて」は、彼らは「呵責がない」。しかし「吾一身」のことに関しては、「その大切なエゴイズムを一片だに」見ようとしないのである。

これはいったいどうしたことであろうか。なぜ、吉田氏の批判を受けとめて、一旦自分を疑ってみようとはしないのか、ここで懐疑が生じるなら、あるいはより的確な「反抗」が可能かも知れない。しかし、最初から批評を拒否するかぎり、対話も生れなければ思想の発展もありえない。兇器は肉体を傷つけるが言葉は私達の精神をえぐりとる。論争はある意味で傷つけあいであるが、それに耐えられなくてなにができるというのか。彼らの「自信」は、話し合いという傷つけ合いにも耐えられぬほどの、弱い精神の上になり立っているのだろうか。

こうした状態の中になげこまれた私が疲労したのはあたりまえである。私は酔ったようにしゃべりまくる人々の顔をひとつひとつのぞきこむのが精一杯であったが、議論はつねに石原慎太郎氏を中心にしてうずまいているかのようであった。席上には多数の石原氏に共感する人々と、少数の批判者がいた。が、批判者といえども、その発言は石原氏の発言を軸にして展開されていた。いわば、石原氏はこのシンポジウムの支離滅裂と精力の浪費を一身に体現した人物であって、その理由は、現在のところ彼がもっとも「革新」的な意見の持主だというところにある。彼には時代に一歩先んじているという自負があり、他の人々も好むと好まざるとにかかわらずそのことを認めているかのようであった。この人物をおいて同時代者たちを批評することはできない。逆にいえば、もし彼の精神構造を巨細に検討すれば、あるいは私たちを一様に蝕みつつある病患の性質が明らかになるかも知れない。狂気に克つ方法はその正体を見さだめる以外にないのである。

数ヵ月前、外遊から帰った石原慎太郎氏は次のように書いた。

《私自身は、自分の文学論に対して可成り忠実な作家だと思う。人が私のことを太陽作家だのへちまだのと彼らの阿呆をさらすような呼び方をしてもそんなことはどうでも良い。その私も、日本の作家の文学の真のプロスペリティに対する誠実さを信じない。私以上に誠実な作家は尚更だろう。人のことはどうでも良いと言われればそれまでだが。外国を廻って来てのぼせたついでに言いたいが、日本の殆どの作家が、なんとなく、ふわふわとした手つきでちょいとした小説を作り出しているのには我慢がならない。そして、そうした状況を本質的に改造する情熱の殆どない批評家なる良い加減な連中には尚我慢がならない》（「変死を書け」）

次にあげるのは、武田泰淳氏に引用された「宇垣日記」の一節の孫引きである。

《初夏以来の政界は軍備の整理、鉄道の建主改従、義務教育費増加、貴院改革と論議の目標は転変して来て居る。乍併何れも真の邦家を思念する誠意より出でたるものにあらずして、多くは勢力競争の不純な動機より出発して居る。斯様な手合を相手にして仕事して行くことは実に不愉快馬鹿気である》（傍点武田氏）

簡単にいえば、石原氏はここで日本の現在の文壇現象の一切を、「不愉快馬鹿気である」といっているのである。この「自信」は宇垣のそれとくらべて、ほとんど見劣りがしない。

宇垣の文章が明晰であり、石原氏の文章が混濁しているのは、「若さ」のせいかも知れない。宇垣の政界批判が苛酷をきわめていたように、石原氏の文壇批判もすこぶる痛烈である。私は、最近、彼の『価値紊乱者の光栄』という評論集を読みなおしてみたが、彼独特のあの正字法無視や文法の混乱に馴れさえすれば、石原氏の直観はしばしば問題の本質をついてさえいる。だが、それにしても、かつて文学者が一度も書いたことのないような文章を書くことのできるこの作家は、どこからその圧倒的な「自信」をえて来たのか。何故彼のみが、「なんとなく、ふわふわとした」作家たちの例外でありうるのか。

この「自信」は、多分、石原氏の自己の肉体に対する信頼から生れている。三年ほど前、彼は、たとえば次のように書いた。

《いつの時代においても、精神は肉体に還元されて始めて蘇るのだ。今日に見られる文明秩序と社会機構、そして人間の三つ巴の内で、完全に活動の余地を失った人間の精神を復活させるために、我々は一度精神を己が肉体の内に吸収してしまわなくてはならぬ。いかなる時代でも、精神がそのまま別個の精神を生むということは有り得ないのだ。いわばそうして肉体に還元された無思想性の内に、始めて新しい精神への可能性があるといえよう》（「価値紊乱者の光栄」）

このような文章を読むと、私は、十年ほど前、湘南中学のグラウンドでサッカーのボールを蹴って走りまわっていた石原氏を想い出さずにはいない。皮肉なことに、現代の「時代精神」は「肉体」である。「時代精神」がサッカーのボールを追いかけ、拳闘のグラブをふりまわし、オートバイを疾走させ、警官隊に体当りする。しかもこの「肉体」は若く、「無思想」であるが故に感じるだけで考えるということがない。加えてそれは「健康」でもある。

《人間を不健康に規制する既成の文明秩序に、実感として不信を抱き、そこから出発するかぎり、目的とする新しい時代精神の造型の初期過程に、我々はどうしても個々それぞれの実感に頼らなくてはならない。実感に基点をおいた操作で、我々はまず人間的な健康な情感を、今一度取らなくてはならない》（同右）

したがって、石原氏の肉体に対する信頼は、同時に「若く」、「健康で」、「考えるよりは感じる」肉体への「自信」だということができる。今日の若い文学者や芸術家たちの「自信」も、おそらくここにその根底を有するだろう。どのような既成作家も、どのような批評家も、ひとりとしてその「精神を還元する」にたる肉体をもたない。とすれば、彼とその仲間だけが「新しい時代精神」を造型できるのであって、その故に旗手石原慎太郎氏は、「価値紊乱者」の「光栄」をかかげて、「この人を見よ」と叫ぶことができたのである。この頃、石原氏は右翼学生について次のように書いていた。

《彼らがいう祖国とか愛国者とかいうものは、肉体だけに卑小化された彼らが、最も安易な精神性の内で自慰的に行なった、自分自身の歪んで倍化された投影でしかないの

だ》(同右)

これはおそらく当時の彼の「実感」で、彼はこのころもっぱら唯我主義者のように語っていたのである。

以後、今日まで、石原氏の論理は、それなりに一貫しているといってよい。彼は署名匿名の批評でしばしば痛撃されたが、彼の「自信」は一度もゆるがず、彼は一度も「肉体」と「実感」による判断をうたがうことがなかった。彼は三年の間に二十冊ほどの本を書き、映画に出演し、映画を演出し、警職法反対運動に加わり、海外に旅行した。この事実ほど石原氏の「若い」肉体の強さをものがたるものはない。しかし、この間に彼の周囲——彼を苛立たせ、彼の「不信」の対象となるものが変ったのである。客観的にいえば、彼は三島由紀夫氏の讃美者から中曽根康弘氏の友人になるほどに、変貌したのである。あるいは、「自己の人間としての実在」の追求者から、「民族の個性」回復の唱導者に、なり変ったのである。

右翼学生のいう「祖国」や「愛国者」が幻影だというのも石原氏の実感なら、「この地上に何種類かのそれぞれ違った文明の圏があり、その中で人間はそれら文明に従って、それぞれ『民族』として生活している」(「個性への復権を」)というのもおなじ彼の「強い実感」である。この「実感」は、それが彼の「若い」、「健康な」肉体で感じとられたものである以上、あやまりであろうはずがない。彼はあくまでも自己に「忠実」であり、その自己は絶対不謬だからである。いや、自己の判断にあやまちがあるだろうかなどという危惧が、もともと石原氏と無縁である。この強烈な「自信」。逆にいえばこのおどろくべき自己省察の欠如。それが石原氏におけるほど徹底している例はほかにない。

　このような文学者が存在しうると知ったら、たとえば『行人』の作者夏目漱石などは、たちどころに憤死するだろう。彼は、「神は自己だ、僕は絶対だ」と叫ぶ主人公を狂人にせずにはいられなかった。しかし、石原氏も、彼の仲間も、「健康な」、「若い」肉体の所有者である。狂っているのは漱石なのか石原慎太郎なのか。現代では、この種の「健康さ」は狂人だけにゆるされているのか。それとも石原氏は文学者を超越したなにものかなのであろうか。

2

　作家としての石原慎太郎氏は、およそ考えうるかぎりで最も不幸な出発をした。それは彼の作品の社会的効用があまりに早く証明され、彼の小説があたかも現実を変えたかのような錯覚をあたえたからである。彼はたやすく「英雄」になった。したがって、彼は次のようにいうことができた。

《不遜な言い方だが、僕についてのあの大騒ぎは一体何だったのだろうか。それはもうすでに社会現象であって文壇の責任外にあると、ある批評家は言ったがそれは誤りである。社会現象なればこそ文壇も又その社会連帯責任の一端を負うべきである》（「価値紊乱者の光栄」）

彼はまた「スラム街から工場に通う赤貧のセンバン工」や「月に二度しか郵便の来ぬような島の若い漁師」からの手紙によって、自らの作品が、「同世代を本質的なある共感で繋」ぐことができたと信じた。要するに彼は、自分の言葉の効用をうたがわなかった。彼にとっての言葉は、完全に理解されるか全く理解されないかのいずれかであった。このような作家が、彼の幻影の中の理解者たちのために叫びはじめるのは不自然ではない。やがて彼は、「僕」と書くかわりに「僕ら」と書き、「私」と書くかわりに「我我」と書くようになった。「同世代」は「みんなともだち」であり、それ以外はすべて「敵」である。この二値的な判断は、おそらく「青春」に対する彼一流の幻想から生れている。

彼にとって、「同世代」をつなぐものは、「若さ」、あるいは「青春」への共感でなければならない。彼にとっては「青春」は美しいものであり、「若さ」は謳歌すべきものである。責任を解除された精力の奔出は、決して醜悪な、猥雑きわまるものとは考えられない。「若さ」そのものが善である。それは酔うべきもので耐えるべきものではない。彼はこの醜悪な、猥雑な「若さ」に酔い、酔った自分のことばが人を動かしうるものと信じた。彼はことばがそのままひとつの実行になりうると確信できたのである。

ここにあるのは、いうまでもなく、言語と現実との混同である。または、彼のいわゆる「実感」と、その表現との同一視である。石原氏にとって、言語の次元と現実の次元は連続であって、その中間には彼の肉体がある。作品のリアリティは、究極的には、石原氏の「肉体」によって保証されている。これを石原流にいえば、「体をはる」ということになるのかも知れない。しかし、この断絶を、「体をはっ」て埋めようとするものは、必然的に自己に対して盲目になる。そうでなければ、今日、石原氏がいまさら次のようにいうわけはないだろう。

《今日、人間の存在は稀薄であり、人間は醜く、半ば死んでいる。卑小なわれわれを繋ぎ合わせるものは何も有り得ない。理念は発見されることなく、混乱はなお進んでいく。

われわれの状況にあっては、人間と文明はともどもに個性を喪い互いに食み合って死のうとしているのだ。

それは実際には芸術なんぞで収拾のつく問題ではなく、芸術家の手で人間が復活し戴冠する可能性なぞは今のところまずないだろうとみんな思っている。

芸術は、人間は、何故、非力なのか。

われわれの論理、言論、すべての思考がこの状況に対して不可能であることを感じざるを得ない。(中略)

現代の良識への不信、言論への不信はつまるところわれわれの根本的な方法への不信でしかない。言論などと言うものは、常に統制され得る限界にしかないのではないかと言う実感すら生れて来る。

方法が間違っているのだ、と確かにそんな気がする》（「個性への復権を」）

ここで表明されているのは言葉の効用に対する絶望であるが、それが三年前の言葉への過信と表裏一体をなしていることはいうまでもない。石原氏が自己の作品の社会的効用と信じたものは、単純なジャーナリズムの人気にすぎなかった。彼が連帯と誤認したのは、おそらく共有されたムード以上のものではなかった。三年の歳月は、すくなくとも彼にこのことを教えたのである。すでに『亀裂』で、彼は人間の断絶を「実感」しかけ、生活が祝祭の連続ではないということを発見しかけていた。このとき、石原氏は、ほとんど孤独な自己と対面しかけていたといってもいいだろう。彼はここで作家になるか実行家になるかの岐路に立っていたのである。

「個性への復権を」を通読すると、石原氏はあたかも実行家になることに賭けたかのようである。だが、ここで見のがしてはならないのは、この絶望が彼の基本的な方法――「肉体」への絶望ではないということだろう。彼の「自信」は芸術や言論への絶望によっていささかもゆらいではいない。いわば、この絶望は彼の存在そのものに対しての絶望ではなく、言葉が無力なら腕でいこうという程度のものなのである。石原氏は一貫して自分の行動の効果を計算しながら生きている。中間小説を書きとばすより映画をとったほうが実際的であり、議会政治よりネオ・ファシズムが実際的である。言葉が無力なら実行あるのみだ。彼の中では非合理的な「肉体」への「自信」と、表面上の合理主義とが表裏一体をなしている。だが、このようにいいながら、彼は次のようにもいう。

《例えば警職法反対の時、作家に必要なものはデモではなしにむしろ、「書く」と言う行為、書くことによって、読者の一人をテロリストとして駈ると言う事実の方が貴重とも言えないか》

書くことによって実際のテロ行為を挑発できるものは、他の誰でもなくて石原氏自身でなければならない。してみれば、言論、芸術の無力は、石原氏その人についてはかならずしも適用されないのである。余人は知らず、自分の言葉は無力ではない。文学者は非力であるが、自分だけは非力ではない。宇垣一成が、ひそかに、「大きな仕事、思ひ切りたる芸当は矢張り政党政派を超越したる偉人によりて始めて求め得べきである」といったように、石原氏もおそらく自分を「文学者を超越したる英雄」になぞらえているにちがいない。このような「自負」は、かかるスーパーマンのみにふさわしいからである。他の作家は現実から断たれている。彼のみがその「肉体」によって現実につながっている。「自信」はここから生れるのである。

このような事情を知れば、石原氏が中曽根康弘氏の入閣を祝って、「詩」を書いて激励したというのも、あながち突飛な行為ではないということになるだろう。彼にとっては言語と現実が連続しているのであるから、それはほとんど、「書くことによって、読者の一人をテロリストとして駈る」というのと同じことだからである。彼は言論に失望し、只の作家になってしまいそうな自分に苛立った。ヨーロッパのキリスト教文明は彼をむかむかさせ、劣等感をかき立てた。逆に、サウディ・アラビアとエジプトでは、アラブ民族の「個性」が彼を魅了した。日本民族にこのような「個性」を回復させるためには、よるべきものは政治であって文学ではない。そのためには権力に遠い社会党によるより権力をにぎっている自民党に近づくのがてっとり早く、自民党の中でも大臣になって仕事をしそうな中曽根氏を支持するのがてっとり早いのである。これはかならずしも石原氏が自民党のイデオロギイに賛成だからではない。このような言動はすべて「実際家」石原氏のものであって、「肉体の無思想性」を信じる彼は、思想やイデオロギイにほとんど一顧の価値をもみとめていないのである。

この点で、もし彼が明晰な自覚者であれば、彼はほとんど一個のファシストだといってよかろう。彼の内部にあるのはニヒリズムであり、彼の志向するのは権力である。この点で、彼は政治に参加しようとしたかつての日本の多くのインテリゲンツィアたちと異質である。かつてのインテリゲンツィアは「思想」に対する信仰から実行におもむいた。石原氏は「思想」に対する蔑視から政治におもむこうとしている。だが、幸か不幸か、この「英雄」は自覚者ではない。彼は「青春」を信じ、日本民族の「運命盛衰は繋りて吾一人にある」と信じ切っている善意の人である。石原氏は、ニュールンベルグにおけるナチの指導者たちより、二・二六事件の青年将校に似ている。彼は被支配者型の人間である。聞けば、石原氏は私信に「新しい芽」という「詩」を書いて中曽根氏に送ったのだという。しかも、彼は内心中曽根氏を揶揄していて、今のままではこの政治家はナギブの轍をふむほかない、真に必要な人物はナセルなのだという意味を、言外にふくめたつもりなのだともいう。とすれば、石原氏は自分をナセルに擬しているのだろうか。「大きな仕事、思ひ切りたる芸当は矢張り政党政派を超越したる偉人」のなすべきことと信じているのであろうか。

皮肉なことは、この「詩」が、「中曽根康弘君を激励する会」の案内状に利用され、「若い世代が如何に中曽根君の入閣をわが事のごとくに悦び迎えたか」の例証にひかれたことである。現実を動かそうとして現実に追随した石原氏は、ここで見事に現実から背負い投げをくわされている。しかし、一層不可解なのは、私信を利用され、文学者の内面を現実政治の利害の具とされたことに石原氏がいささかの痛痒も感じていないらしいことである。石原氏は「民族の個性」の回復——実際には、これはヨーロッパ崇拝をアラブ崇拝にかえようということにすぎないが——のなかに人間の自由の回復をみようとした。しかし、ほかならぬそのための行為が、今日僅かに文学の良心のなかにのこっている人間の精神の自由を、てもなく権力に売り渡す結果となっているのに、なぜ気づかないか。彼の「自信」

が、「文学を超越した英雄」の「自信」だと私はいった。これをみれば、石原氏は、「政治をも超越した英雄」なのかと疑わずにはいられない。石原氏は、「文学、政治を超越した英雄」なのであろうか。だが、現代においては、この種の英雄はかならずドン・キホーテになる。ドン・キホーテの不幸が、自らがドン・キホーテであることを知らぬことにあるのは、いうまでもないのである。

3

今まで私は、石原氏の原則が彼をどのようなところに導いて来たかについてのべた。そこで一貫していたのは自己の「肉体」の外界にあたえる効果によって一切を判断しようとする態度であり、そこに欠けていたのは自己に対する明察である。これが私の尊敬すべき同時代者たちの一般的傾向であろうか。これによってみれば、昨年の秋、警職法改訂反対運動に参加した私の同時代者たちは、果して何のために反対の立場をとったのかははなはだ疑わしいといわないわけにはいかない。石原氏の中には権力の手から守るべき内面などはなかった。ほかの人々にそれがあるのだろうか。彼らの多くは、単に酔うべき大義名分を求めていただけではなかったか。あるいは、単に自らの「肉体」に危険を感じただけで、自らの内にある言葉には何の危険も覚えなかったのではないか。このような疑惑を嚙みしめているのは私にとっては苦々しい経験である。しかも彼らが文学者であり、芸術家であってみれば。しかし、詠嘆はなにも生まない。私は、今一度彼らに、なかんずくその代表的人物である石原氏にむかって、いいたいと思う。

石原氏は言葉が無力だから言葉に賭けるのは無意味だという。しかし、文学者はそれだからこそこの無力な言葉に全存在をかけるのである。現実政治の観点からみれば、言論などは空の空たるものであり、いわんや小説などは歴史の影のようなものにすぎないだろう。しかし、だからこそ文学は現実政治をこえる。無力なことばによって独裁者のエゴイズムが看破され、絶対者が地上にひきずりおろされるということが可能である。もし石原氏が権力を意志するなら、なぜ地上の現実政治上の微々たる権力に近づくことで満足できるのか。文学者が権力から離脱したものだというのは俗説である。真の文学者はどのような独裁者よりも権力を意志し、権力に対して嫉妬深い。その故に、彼は、もっとも無力なことばによって、現実の権力者を相対化し、彼を人間の列にひき戻すという残酷な復讐を計画する。そうする以外に、どこに人間の精神の自由を立証するみちがあるだろうか。そしてまた、いつの時代の誰が、現実に「自由」でありえたか。おそらく真の「自由」は、現実に人間が「自由」でありえないことを洞察した者によってしか求められるすべがない。

このことは、言葉と実行を混同しているかぎり不可能である。言葉と現実を混同することは、文学者が現実政治と野合し、権力の走狗となるのと同様に不潔なことと私には思われる。実行を断念しないかぎり、文学者は現実にひきずりまわされ、現実の奴隷になる。言語と現実を混同するかぎり、彼は際限なく現実を容認し、それに追随しなければならないというはめにおちいる。石原氏が今日までたどって来た道ほど、そのことを端的に示している例証はないだろう。実行を断念することは、ことに血気の石原氏にとっては苦痛であるかも知れない。しかし、この苦痛ないしは焦躁に耐えるところからしか、文学は生れない。彼が政治的実行家になろうとするなら、筆を折り、そのことを公表してからなるがよい。文学者であろうとするなら、即刻実行を断念してほしい。現在の石原氏になによりも必要なのはこのストイシズムである。

中曽根康弘氏に「詩」を贈った石原氏が、同時に「ファンキー・ジャンプ」の作者だということは、このことを思えばはなはだ示唆的である。「ファンキー・ジャンプ」の主人公には他者はない。彼は麻薬と殺人の昂奮のなかで、特権的な孤独——特権的な恍惚状態にはいるジャズ・ピアニストであるが、石原氏の一切の行動にも、これと同様に、「仲間」はいても他者はいない。彼は地球を一周することはできるが、自分の傍にいる一人の他者を認識することができない。彼の文法無視や悪筆も、若干これと関係がなくもないので、おそらく石原氏は感じとられることを求めても、読まれ、理解されることを求めていないのではないかと思われる。つまり、彼は他者を無視しうる「自信」家なのである。

だが、ものを書いて発表するという文学者の行動は、好むと好まざるとにかかわらず、

「他者」とのかかわりをもつということである。どこに人間が特権的な孤独をいこわせる道があるか、どこにそのような安息の地があるか。いかに求めようとも、私にはそのような場所はない。どこまでも「他者」がついてまわり、「他者」と私の間には葛藤が生じ、責任が生じる。石原氏も、その同時代の文学者の多くも、自己の行動の結果として生じる責任を全く無視している。シンポジウムで石原氏を批判した大江健三郎氏は、『われらの時代』の主人公に、

《行動、英雄的でしかも滑稽でない行動、純粋に孤独な中で達成できる決定的な行為、それは自殺だ。……それを知っていながら決行することができないで生きつづける！》

といわせた。この責任回避は「ファンキー・ジャンプ」の主人公の責任回避と全くうらはらである。これは彼らに生活がないというのと同じであって、彼らの小説の根本的な弱点もまた、ここにあるのである。

かつて、私はこのことにふれて、生活はある意味で「殺意」の交換であり、この事実をみとめなければ「殺意」を抑制することはできない、というような意味のことを書いた。これは、人間が去勢された小動物のように温順なものだと信じている幻想的な平和主義者や人道主義者への警告であったが、おどろいたことには、石原氏は近作「殺人キッド」で、私の言葉をエピグラムにひきながら妙ちくりんな殺人者を描いている。つまり「殺意」はたちまち概念化されてピストルをふるいはじめたのである。浮薄というか軽率というか、

このような無責任な早わかりほど傍めいわくなものはない。一事が万事この通りであるとすれば、私はもはやこの善意の「英雄」をふたたび信用しないだろう。中曽根国務相に「詩」を贈るのも、「殺人キッド」を書くのも、それは彼一個の恣意的な行為ではない。彼はその責任をどうとろうというのか。

自民党に接近しながら「ファンキー・ジャンプ」を書く石原氏は一人の求道者だといえなくもないかも知れぬ。かつて彼は「救世主」になりたいといったことがある。現在の彼には、「光輝ある三千年の歴史を有する帝国の運命盛衰は繋りて吾一人にある」という気概がひそんでいるのだろう。しかし、彼を現実政治の権力に近づけようとするこの無反省なエゴイズムが、結局彼の求める精神の自由を抹殺する性質のものであることに気づいていない。石原氏が求めるのは「文学・政治を超越した英雄」になることである。だが、そのような「英雄」を、ふつうには幼い孤独な夢想家という。石原氏が「救世主」になろうとするなら、その道は、なによりも彼自身を発見するところからはじまるだろう。彼は平和主義、民主主義、人道主義などという「お題目」に対する不信を唱えていたが、それらの概念をはぎとられた現実の赤裸な姿は、その上ではじめて明らかになるのである。私は、この友人が、盲いたサムソンのように、現実政治に溺れていくのを見るに耐えない。石原氏よ、君は一体何をみたのか。真の文学者以外のものに見える何ものがこの世にあるというのか？　君は盲目の政治的実行家から、何を学ぼうというのか？

（原題「同時代作家への失望」「新潮」一九五九年十一月号）

今はむかし・革新と伝統

1

私は以前から、日本の近代の思想史に一種の不幸な回帰現象があるのではないかとうたがっていた。作家や詩人や思想家たちは自らの周囲の現実を嫌悪し、そこに自分の欲するところの芸術や思想を開花させる土壌がないことと焦立ちながら仕事をはじめる。彼らはつねに嫌悪すべき日本の近代に対する反逆者である。反逆者は新しいものを求め、その新しさに自分をかける。それは自然主義であってもよい。あるいはトルストイでもよく、マルクス主義であってもよいが、皮肉なことには、伝統と断絶した虚空に一歩踏み出したと信じた瞬間に、逆に伝統に一歩足をすくわれている。あるいは、自分がもっとも革新的だと信じた瞬間に、もっとも古いものに支えられている。

こういうことが自覚されるのは、ふつう、ずっと時が経って、自分のかけた「新しさ」に対する幻滅が苦々しく心をかんでいる時である。彼の現実に対する批判がするどく、「新しさ」への情熱が強ければ強いほど、幻滅は大きい。なんの悪意が自分をあざ笑っているのか、とうたがわずにはいられない。何が自分の情熱にかくも過酷にむくいるのか、と。彼は、そのときはじめて、すべてをのみつくす、過去と現在の混然といりまじった深い沼を発見する。彼はかつては嫌悪のあまり、この沼の姿をよく見ていなかったのである。自分だけは例外だという自信——自分だけは例外でなければならないという要請が、視野をおおっていた。しかし、例外はなかった。虚空をとんで月に行こうとしたが、着いてみると自分の家の庭先でしかなかった。

ところで、これは別に昔話ではない。このような悲喜劇が、現に、かなり大規模にくり返されようとしている。私は、明治以来くりかえして演じられて来たこの劇の最新版に立ちあうというめぐりあわせになったらしい。登場人物はちがうが、演出がいかにも現代的だという点をのぞいては、脚本はほとんど変っていない。私のいうのは、もちろん、同時代の作家や芸術家たちの「反逆」についてである。

先ごろ、私は、「三田文学」でおこなわれた同時代の作家たちの討論の司会をした。ここでおどろいたことは、討論に参加した人々の大多数が、自分の「新しさ」についてなんのうたがいも持っていないらしいということだった。かつての反逆者たちは「新しさ」のために努力しなければならなかったが、私の同時代者たちは当然先駆者であり、当然開拓者だと信じ切っている。なぜそうかといえば、それは彼らが「若く」、自然の序列の上で最新の「世代」に属しているからである。この相違は敗戦によって既成の秩序が崩壊し

「新しさ」を測る基準がほかになくなったという事情にもよっているだろう。まことに戦後十四年の間ほど、新しくなければならないという要請が強くおこなわれたことはない。これは単に文学や芸術の分野だけでなく、ひろく社会一般にみられた現象である。しかしまた、幾多の改革にもかかわらず、この間ほど何が新しいかということについての概念がばくぜんとしていたこともかつてなかった。

いつの時代でも、青年というものは革新的なものである。しかし、秩序が現存しているかぎり、青年の革新性はかならずそこに頭をぶつけて、順応させられなければ醇化《じゅんか》させられていく。戦後は逆に、本来非公認であるべき青年の革新好きに、いわば公的な大義名分をあたえた。彼らは自然のいきおいに社会のばくぜんとした風潮を掛け合わせただけ新しくならなければならなかった。そのうちに、「新しくならなければならない」が「当然新しい」になり、新しければ「当然進歩している」ということになる。ここに明治以来の急速な近代化をなしとげて来た日本人の意識の下にひそんでいる、一種の歴史的進化論が微妙に作用していることもみのがせない。青年は新時代の新知識を身につけた人間であって、彼らの新知識は西欧諸外国から輸入されたばかりのものであるが故に、権威をもっている。正確にいえば、つかいでがあるという功利的な見地から高く評価される。戦後においては、これは、新しい「民主主義」のにない手は新しい「世代」であるべきだ、というかたちをとってあらわれたのである。

だが、厄介なことには、戦後新しくなろうとしたのは青年だけではなかった。「第二の青春」という言葉に象徴されるように、いわゆる「戦前派」もまた革新的であり、その「新しさ」のよりどころを、ある者は昭和のはじめごろに一度挫折したマルクス主義に求め、ある者は河合栄治郎氏とともに圧殺された自由主義に求め、ある者は大正期の文化主義に求めようとした。「戦中派」もある意味で「新しさ」と主張しうるものを持っていた。それは、彼らの体験した戦争が、日清・日露両戦役とも第一次大戦ともまったく性質のちがった総力戦であって、国民の力をつかい果たした上で敗れた負け戦だったということである。直接この負け戦に加わった唯一の「世代」だという認識は、やがて、この戦争の意味を体験したのは自分たちだけだという「新しさ」への自負となる。このような現象がおこったことも、また、既成秩序の崩壊という事情を背景にしている。秩序ということは順序ということでもあるが、順序はめちゃめちゃになって、三つの「世代」が相互に新しさを主張しながら猛烈ないきおいで競争をしているといったふうだからである。

昭和初年のプロレタリア文学が興ったころの文壇を、私小説・プロレタリア文学・新感覚派の「三派鼎立」という考えかたで説明したのは平野謙氏であるが、これをもじって現在の思想状況をいうなら、戦前・戦中・戦後の「三派相剋」というのがほぼ実情にあたるだろう。相剋しているのは、このいずれもが自分の「新しさ」に不安をいだいているからで、「戦前派」は世の中が平和でなさすぎることに、「戦中派」は平和でありすぎることに、

「戦後派」は片手で飴をしゃぶらされながら片手で頬をたたかれつづけていることに、それぞれいら立っている。しかもなお、右であれ左であれ、新しくなるべきだという要請は消えていない。このような時代になおも「新しく」なろうとする人々はどのように行動するであろうか。

2

以上からいえることは、現在の、戦前・戦中・戦後の「三派相剋」というものは、「相剋」ではあってもどれも「反逆」ではない、ということだろう。旧い価値や秩序に対する反逆と革新をかかげている三派が、同時にいずれも現代日本の「正統」を主張してゆずらないというのは奇妙な話である。このようなとき、反逆者は、身ぶりだけの反逆にあまんじるのでなければ、敵対すべき「正統」を措定してみないわけにはゆかない。今日、なおも「新しさ」を追い求める者は、このような二者択一の前に立たされている。

あの討論の参加者の一人、石原慎太郎氏にとっては、反逆すべき「正統」は民主主義のようである。彼によれば、民主主義という原則はもう時代おくれで、革新しようとするなら強い指導者が必要だ。第一いつまでも西洋のまねをしているのがだらしないので、むしろエジプトや中国のような新興国に見習ったらよかろう。「民族の個性」が回復されなければ、人間は救われない、というのである。このどこかで聞いたことのあるような思想の絶対的な新しさを、石原氏はすこしもうたがっていない。それは、もちろん彼が戦争で過去と完全に縁を切った「最新の世代」に属していて、「時代おくれ」の民主主義にしがみついている同時代者になお一歩を先んじているという強い自信をもっているからである。

しかし、あの歴史の悪意——日本の反逆者たちがいくたびも経験して来た伝統への回帰がはじまるのは、このような瞬間からである。たとえば、石原氏はほこらしげに、

《われわれは人間をがんじがらめにしている、コンベンショナルな観念的諸関係を壊して見る必要がある。文明が枷のように強いている範疇を引っくり返して見ることだ》

(「個性への復権を」)

などという。だが、この語調がいかに六十年ほど前の「日本主義者」高山樗牛の「吾人はすべからく現代を超越せざるべからず」という大言壮語に似ているであろうか。あるいは「現代のヒーロー」を夢みる彼の心情は、どれほど「我れは天才の出現を望む」・「久しい哉・我れの凡人にうめることや」という樗牛のそれと似かよっているであろうか。樗牛はまた、

《自分は社会や国家に属しておらぬ。社会や国家がかえって自分の中に存在している》

といい、

《価値の絶対なるもの、これを美的と為し、美的価値の最も醇粋なもの、これを本能の

満足となす》

といった。これは自分の「個性」を絶対化することによって「民族の個性」を回復しようとし、

《いつの時代においても、精神は肉体に還元されて始めて蘇るのだ》（「価値紊乱者の光栄」）

という石原氏の言葉を手際よく文章体に翻訳したものといってもよいほどである。

ここでしいて差別をもうければ、高山樗牛が病弱だったのに対して石原氏が頑健な肉体の持主であり、樗牛が国家から個人におもむいたのに石原氏は個人から国家におもむこうとしているぐらいのものである。いったいどうして石原氏の思想が「革新的」で、彼が時代に一歩先んじていることになるであろうか。いや、高山樗牛もまた、右のように主張したときには、文明開化の風潮に対して大いに「革新的」な役割を果したつもりであったが、彼の「美的生活を論ず」などを読むと、これがまた奇妙に本居宣長に似ているのである。つまり、「民主主義」をこえた原理をつかまえたつもりの反逆者石原氏は、ここで実は明治維新以前の前近代的な伝統的心情に足をすくわれている。氏のいう「民主主義」とかアラブや中国というのは、どれも概念であって、その概念に対する態度は文明開化の留学生が西欧列強の文明に対していた態度とあまり変りがない。不幸なのは、石原氏がこのことを自覚せず、自分の絶対的な新しさだけを確信していることである。

だが、これはなにも石原慎太郎氏だけにかぎった話ではない。討論には、さまざまな分野の創作家たちが加わっていたが、ある演出家が熱心に語った政治的挫折の体験は、私にはは北村透谷のそれをいささかも出ないもののように思われた。ある記録映画作家は、いかにも「最新の世代」にふさわしく、前衛的な理論を主張していたが、私にはそれが若がえった武者小路実篤氏の言葉にきこえてならないときがあった。あたかも彼らのひとりひとりの後には、樗牛、透谷、武者小路などという人形つかいがいて、古いロマン主義の旋律にあわせて糸をあやつっているかのようである。人間の生涯はどのみち一度きりのものであるから、ひとと似ているといわれたところでどうなるものでもない。しかし、そのことを知ることとは、自分の思想が絶対的な、特権的なものではなく、自分の苦悩が先人とわかちもたれる性質のものであることを知ることである。無知や自己省察の欠如のために、前車の轍を踏みつづけているかぎり、それこそ何一つ新しくなる望みはないだろう。

それにしても、このような奇怪な現象、もっとも革新的だとして行った反逆者の行動が、もっとも旧いものに支えられているという皮肉はなにによっているのだろうか。私には、それは内的には日本におけるロマン主義の問題、外的には世代論や発展段階説への過信から生じたもののように思われる。

3

明治以来、われわれの外側の現実がめまぐるしく変化し、それにつれてさまざまの時代思潮が生れては消えていったというのは、疑うべくもない事実である。しかし、それとともに、果してわれわれの内面までもが変って来たであろうか。太平洋戦争が日本の近代化の「歪み」の総決算であったとしても、敗戦は果して日本人を変えたであろうか。発展段階説はあきらかに一面の真理を含んでいる。今日の日本は戦前の日本ではない。若い作家たちはかつて歴史にはなかったような状況に立たされているだろう。だが、どうしてそれだから彼らが「新しい」人間だといえるだろうか。急激に変ったのは外部の現実だけで、おそらくわれわれの内にあるものはさほど変りはしなかったのである。そうでなければ、どうして「最新の世代」を自負する作家たちの背後から、樗牛や透谷や白樺派の亡霊がうかびあがって来るであろうか。

　逆に、われわれ自身についていえば、われわれはいつも外側の現実の激しい変化に注意をうばわれていて、内側の不変な部分については無自覚だったのである。近ごろまた流行している「世代論」には、戦争がいっさいを変えたという前提があるようだが、これなどもやはり外側が変り、表面にさざ波をたてる時代思潮が変れば、人間そのものまでが変ってしまうという考えにもとづいた議論である。ひとつの時代に青年期を送ったものは、当然他の時代に青年期を送ったものとはちがう経験をするだろう。たとえば私は団菊時代の芝居を知らず、関東大震災を知らず、満州事変を知らない。その意味でこれらを知っている人々とは別人であるかもしれない。しかし、かりにそうであっても、同時代者がすべて集団的に同じ経験をするなどということはいえない。経験はとりわけ個人的なことがらに属している。震災や戦争の被害よりも、あるいは親しい者の自然な死が決定的な経験になりうるという人間もいるのである。

ましてひとつの「世代」が他の「世代」とまったく相いれない独自の問題を特権的にもっていると信じ、われこそは時代精神の代表者だなどと主張しあうのは、およそ不毛な議論のたてかたである。外側の現実の変化を目盛りにして「世代」を正確に細分しようとすれば、戦前・戦中・戦後の「三派相剋」などというのでは間にあわなくなり、「疎開の世代」や「火炎びんの世代」などまでが必要になって、最後には一年ずつで区切り、これに環境の差を加えるというところまでいくだろう。そうしたところで、人間の内面が客観的現実によって決定されるという考えの根本は変らない。したがって、このような考え方は、一面では時代や環境をこえようとする個人の精神のはたらきを無視し、他面では好むと好まざるとにかかわらず、われわれを制約するあの伝統を無視するという結果をまねきやすい。このような論理は連続しているものをぶつ切りにする論理であって、これによるかぎり、悪循環は無限にくり返されるほかないのである。

世代論や発展段階説が、いわば客観的に「新しさ」の幻影をつくりだすとすれば、新しいものを求める芸術家や思想家たちは、まず周囲の現実を嫌悪するところから出発し、そのそとに「新しさ」を夢みて来た。彼らにとっては「革新」とは多くの場合「現実離脱」の同義語であった。離脱して行くさきは、西欧の文化でもよければ「革命」という観念でもよい。あるいは「戦争」でも「最新の世代」の自負でもよい。しかし彼らはやがて「現実離脱」の夢と「新しさ」の幻影にやぶれ、いやいやながら無視していた伝統に足をとられてそのなかにのめりこんでいかねばならなかった。明治このかた幾度となくくり返されて来たこのようなロマンティックな、しかし不毛な衝動が、現にまたくり返されようとしている。どこかでなにかがひっくり返っていなければ、こうした「今は昔」の悲喜劇がいたずらにくり返されるはずはない。

無視されて来たのは「伝統」である。ここで私は桂離宮とか能とか俳諧というような、伝統的文化財のことをいうのではない。それらをささえ、同時に「革新」家の嫌悪の対象となって来た近代日本の現実をささえて来たもののことをいうのである。およそ伝統を無視し、それから離脱しようとするところに「新しさ」の生れるわけがない。こうした幻想の結果として、われわれは自己をも知らなければ、日本人の国民性がどのようなものであるかを冷静に検討したこともなかった。ときには「十二歳」の劣等民族ということになり、ときには逆に「指導者」たるべき優秀民族だということになる。だがおそらくわれわれはそのいずれでもなく、この度外れた振幅の中のどこかしらにいるにちがいないのである。

伝統に対する態度にはおよそ二つあって、ひとつは伝統を絶対的な規範とし、これにひたすらしたがおうとする態度であり、もうひとつは伝統をまともにひきうけることによって逆にこれを「新しく」しようとする態度である。私がこの後者をえらぶことはいうまでもない。つまり、それは自分を制約するものの姿を明確に知り、その制約を――いかに嫌悪すべきものであれ――ひきうけるという行為の中に、個々の精神の自由を発見しようとすることである。新しいものは新しく輸入されたものではない。変らぬものに無知であるままに、なにを変革することもできはしないのである。

（「朝日新聞」一九五九年十月八～十日）

生活の主人公になること

「三田文学」のシンポジウム「発言」の「序」で、私は、この討論が「冷静、かつ真剣な批評の対象」となってほしいという意味のことをいった。現在までのところ、徐々にではあるが、この要請はおおむねうけ入れられつつあるようにみえる。本紙にあらわれた佐々木基一、吉本隆明氏らの論評もその例外ではない。このような状態においては、シンポジウムの進行係がふたたび贅言をついやす必要はない。討論の意図については「序」に明記してある。私一個の見解については「新潮」十一月号、「朝日新聞」などに発表した論文につくされている。ここにふたたび筆を執るのは、たまたま「現実の動体的認識を」という石原慎太郎氏の論文がもっぱら私にあてて書かれたように思われるからである。

もともと「三田文学」編集部と私がこの討論を企てたのは、この転換期のなかで、若い年代の創作家たちがなにを志向しようとしているかを明らかにしておきたいと考えたからである。大江健三郎氏の『われらの時代』と石原氏自身の「ファンキー・ジャンプ」が発表されたのはこのころであったが、これらの作品は、彼らの志向が自他の破壊のみにむかいつつあるのではないかという危惧をいよいよ強くさせた。因みに、石原氏らにこのような傾向があることについては、すでに一年半ほど前「神話の克服」(「文學界」一九五八年六月号)という文章のなかで指摘したことがある。それが現に顕在化しつつあるとするなら、このような志向が相互批評の対象となることには一層の意味があるわけであって、その結果が不満足なものであった以上、否定的な見解をとるのは、むしろ主唱者としての私の責任を全うすることにほかならない。大体私の立場は『夏目漱石』以来終始一貫している。私が忠実であるべきはなによりもまずこの自分の原則に対してなので、いまさら買うべき先き物などはありはしないのである。石原氏は今後このような野卑な言辞をろうしてみずからを卑しめることをつつしんだほうがよかろう。

不思議なことは、石原氏が「私はあの会合である共通項を感じた。あるいはその共通項を作り出していこうという共通な意志をはっきりと感じた」といい「それは……戦後十数年深刻化したこの人間の状況の規制をそのまま受けて育ってきた人間たちの……自分自身の周囲に対する認識と焦躁が絶望の形をとりながらも、ようやくみずから芸術を代償としてでも現実の具体的な改修に参与していかなければならぬという意志として形成されてきていることだ」などということである。石原氏がそう「感じる」のは勝手であるが、私がつとめて「冷静、かつ真剣に」傾聴したかぎりでは、討論の席上でこのような主旨の発言をおこなったのは石原氏ただ一人であった。彼一個の「感じ」が、ここでは「共通の感じ」に拡大されている。これは石原氏に「自分の感じるように当然他人も感じるものだ」という軽率な確信があり、氏がもっぱらこの確信によってものをいっていることを示している。しかし、つねに「自分が感じるように他人も感じる」とはかぎらない。むしろそうでないのがふつうであって、この種の「感じ」によってとらえられた「連帯」などというものが幻影にすぎないのは理の当然であろう。私が「共通項」を否定したといって憤激している石原氏は、そのことによって、氏の「現実に対する足の据え方の浅さ、その認識のいたずらな観念性を暴露した」ものにほかならない。私に関するかぎり、かような安易な「連帯」をおしつけられるのは願い下げにしたい。人間がお互いに結びつこうとするのは、安易な「連帯」が幻影にすぎぬことを発見したときだなどということを、いまさらくりかえさなければならないのであろうか。

　石原氏の批評家ぎらいも、もとをただせば彼の「感じ」に起因しているものと思われる。彼と同様に「感じ」るものは「仲間」であるが、彼と同様に「感じ」ないものはすべて「敵」になる。ところで批評というものは大体その「感じ」かたをあげつらうものであるから、石原氏はたちまち「我慢がならない」と叫び出すのである。しかし、もし彼が本気で「連帯」を求めるのであれば、彼は自分とは異なった「感じ」かたや考えがこの世の中に存在するということを認めなければならない。「連帯」は他者との間にはじめて成立する。批評を容認することは、おそらく他者を発見する第一歩だからである。

二年ほど前『亀裂』という見事な失敗作を書いたとき、石原氏はあやうく他者を発見する一歩手前にいた。そのころ私は、石原氏の作家としての歩みは今後に開始されるだろうという意味のことを書いて、この作品のなかにかくされたいくつかの可能性を指摘したことがある。また最近「ファンキー・ジャンプ」について、その自己陶酔的な破滅への憧憬を批評したことがある。しかし、支持するにせよ否定するにせよ、私はつねに「作家」になるべき石原氏についてものをいっていたので「芸術を代償としてでも現実の具体的な改修に参与」しようなどという人物に対して語ったのではない。文学を放棄するといわんばかりの人物に対して、だれがありうべき方向を指示できるであろうか。しかるに石原氏は批評家がそっぽを向くといって不平をいう。これは甘えかヒステリーでなければ批評家のための道具を自己満足としか考えない「非人間的」な態度であって、不平をいう前に石原氏はまず自分のこの態度を「改修」する必要がある。批評家もまた一個の存在である。道具になりきった批評家については、これを御用批評家という。

文学や芸術が現実に対して無力だというのは最近の石原氏の好んで用いる言葉であるが、もとより文学の力では揚子江に橋もかからず、月ロケットもとばない。しかし断絶といい、孤独といい、連帯という。これらはもともと人間の内面に関していうことである。もし今日、本気で人間の結びつきを回復しようと願うのなら、私にはそれはさしあたりすぐれた文学作品を通してしか実現されえないと考える。文学は現実に対して無力である故にもっとも有力である。文学者は現実をよりよくとらえるために実行を断念する。彼の現実参与や行動は本来書斎のなかにしかない。このことを私は今日明日の思いつきでいうのではない。大江健三郎氏のいう文学上のリアリズムというものは、このような屈折した認識の上にしか成立しえない。リアリストになることは「事件の主体」になることとはおのずから別のことである。石原氏や大江氏は多分「事件の主人公」のばかばかしさを身にしみて感じているだろう。必要なのは、むしろ、みずからの生活の主人公になることである。

（「讀賣新聞」一九五九年十一月十一日夕刊）

大江健三郎

大江健三郎の問題

一九五七年の春から初夏にかけて、私は休刊を間近にひかえた「三田文学」の残務整理に忙殺されていた。事務所は銀座の並木通りに面した古いビルの三階にあり、一つしかない机の上には相変らず寄贈された新聞、雑誌のたぐいが雑然とつみあげられていた。それらを薄赤くそめる西日の強さがそろそろ気になりはじめたある夕方のことである。私は、そのなかから一葉の新聞をとりあげて漫然と活字を眺め、ややあって坐り直すと今度は身を入れて読みはじめた。新聞は東大新聞の「五月祭」記念号で、懸賞論文と懸賞小説が発表されていたからである。論文については今は何も想い出さない。しかし、小説は、編集者に突然仕事への情熱をあたえるあの新鮮な佳作のひとつであった。そうだ、この作家に書かせよう、と思いながら、私は新聞をほうり出して立ちあがった。作品は「奇妙な仕事」という三十枚ほどの短篇で、作者は大江健三郎といい、東大仏文科の学生ということであった。

だが、思い直してみると、この未知の作家に寄稿することは到底不可能であった。私たちの編集による「三田文学」の最後の号は、もう編集を終えていたからである。落胆して私はやがて作者の名を忘れ、作品の題を忘れた。印象にのこったのは、この短篇の異様な大きさと輝きである。誰かがこの資質を育てるだろう。あきらめて、私は伝票を帳簿とつきあわせたり、休刊後の取次店との連絡方法を考えたりといった、辛気臭い仕事に没頭するほかはなかった。

大江健三郎という作家をはじめて見かけたのは、それからおよそひと月ののちのことである。場所は文春クラブで、指さしてそれと教えてくれたのは「文學界」の編集者だったが、はじめて見る大江氏は、焦茶の背広をいかにも律儀に着た白皙の少年であった。その若さと、ユーモラスな歩き癖と、妙に鋭い目つきとのとりあわせは、鮮烈な印象をあたえた。鋭すぎる眼が、実は強度の近視のためだということに気づいたのは、のちに眼鏡をかけた大江氏に逢ってからである。

ところで、「奇妙な仕事」とは、さしあたり犬の撲殺の手伝いをすることである。大学病院に百五十四の実験用の犬がつながれているが、それが残酷だという英国人の女の投書のために、一挙に殺してしまうことになった。「僕」と女子学生と私大生の三人が、犬殺しの助手にやとわれ、無防備な犬たちを次々と手際よく撲殺していく彼の「卑劣さ」に各々の嫌悪を感じている。だが、犬殺しはその行為によって犬と結びつき、犬を「愛する」ことすらできるのにそれを残酷だといってなじる私大生は、犬と結びつくこともできず、一撃で殺すという優しさを示すこともできない。犬に対してあいまいな愛情と反撥を抱き、百五十四の怨みを一身に背負って、「顔が歪むほど僻んだ」赤毛の仔犬を飼いたいと思ったりしている「僕」は、血におびえた赤毛の老犬に嚙まれて、気を失ってしまう。女子学生はすべてに絶望していて、給料をもらったら火山を見に行くのだといいながら、犬の皮を洗っている。彼女によれば、自分たちは「犬殺しの文化」に首までつかっているのである。

しかし、この「仕事」の「奇妙」さは、単にアルバイトの突飛さにあるのではない。戦後の学生にとっては、屍体処理はむしろ割の良い仕事で、これは戦災当時から朝鮮事変まで続いたが、それにくらべれば犬殺しの手伝いなどはよほど上品な仕事である。「奇妙」なのは、「仕事」そのものが宿命的な徒労と背理を含んでいて、「犬を殺すつもりだったが、殺されるのは僕らの方だ」というドンデン返しが最後にやって来るからである。つまり犬殺しも学生たちも、ともどもに肉ブローカーの手先につかわれてペテンにかけられていた。勿論日当は支払われず、そのかわりにあたえられるのは警官の叱責である。「皮を剝がれ、殺されても歩きまわ」っている学生たちの耳に、屠殺を免れた八十頭の犬の咆哮が轟きわたる。

《全ての犬が吠えはじめた。犬の声は夕暮れた空へひしめきあいながらのぼって行った。

これから二時間のあいだ犬は吠えつづけるはずだった》

「奇妙」さはこの吠え声のなかに、あるいはそれを聞いている「僕」と女子学生との重い疲労のなかに凝縮されている。ここでいう「奇妙な仕事」とは、換言すれば「存在すること」、現代の日本に生きるという「仕事」のことにほかならない。「存在すること」のなかには、あるねじれがあって、人はそのなかで徒労に耐えながら生きるというのが作者の認識であるが、作者はこの認識を得ることによって、逆に徒労から自分を救済しているのだともいえる。

撲殺という行為をめぐっての犬殺しと学生たちの葛藤を現代の状況のなかで生きる者の典型的な態度の間の葛藤という寓意を含んだものとし、この状況そのものを解消させてしまう肉ブローカーのペテンを、状況を超えた「歴史」の悪意の象徴と見ることも可能であろう。大江健三郎氏の新しさは、僅々三十枚の短篇のなかに、この巨大な主題を展開してみせたことにあった。しかもこのような世界の影像を、彼は借物の図式によってではなく、自分の鋭敏きわまる豊富な感受性によってとらえていたのである。この冒険が新しい文体と技法を要求しないはずはない。大江氏はその点でも優に「新しい作家」の名にはじないことを示した。つまり彼のものとらえかた、世界に対する対しかたは、彼以前の大部分の作家のそれとは異質だったのである。そのことは、たとえば「奇妙な仕事」の冒頭の東大構内のイメイジを、中野重治氏の『むらぎも』に描かれたそれと比較すればあきらかである。

《附属病院の前の広い舗道を時計台へ向って歩いて行くと急に視界の展ける十字路で、若い街路樹のしなやかな梢の連りの向うに建築中の建物の鉄骨がぎしぎし空に突きたっているあたりから数知れない犬の吠え声が聞えて来た。風の向きが変るたびに犬の声はひどく激しく盛上り、空へひしめきながらのぼって行くようだったり、遠くで執拗に反響しつづけているようだったりした。

僕は大学への行き帰りにその舗道を前屈みに歩きながら、十字路へ来るたびに耳を澄ました。僕は心の隅で犬の声を期待していたが、まったく聞えない時もあった。どちらにしても僕はそれらの声をあげる犬の群れに深い関心を持っていたわけではなかった。

しかし三月の終りに、学校の掲示板でアルバイト募集の広告を見てから、それらの犬の声は濡れた布のようにしっかり僕の体にまといつき、僕の生活に入りこんで来たのだ》(「奇妙な仕事」)

これに対して、

《何でもそのときは雨がふっていた。こまかい雨で、安吉は傘なしにあるいていた。正門からはいってきた彼は、正面に大講堂をみて、黄葉した銀杏並樹の下を、からだがまっすぐになるような調子であるいて行った。彼の記憶では、彼のまえにも後ろにも一人の人間も見えなかった。ほそい雨は、空から、しずかにまっすぐに降っていた。いつもやかましい建築場のリヴェティングが、まったく聞えなかった。どこかには人がいるにちがいない。図書館にはいるはずだ。正門の詰所にも守衛がいたはずだ。病院には、医者、看護婦のほかに患者たちがいるだろう。しかし今は、そんなものを含んだまま、焼けのこった建物、これから建って行く建物、並樹、樹木、芝草、すべてが地面に直角になってそのまま濡らされていた。ひろい構内全体が、休息しているというほどふやけてはいない。しんとしているというほど鋭くもない。そのままで濡らされている……そして安吉は、あるいて行く前方に女の姿を見つけたのだった》（『むらぎも』）

「僕」が「前屈みに歩」いているのに対して、片口安吉が「からだがまっすぐになるような調子であるいて」いるのは、それぞれ戦後の学生と昭和初期の理想主義的な学生の姿勢を象徴するものとして、面白い。しかし、「僕」の見ている大学の建物と、片口安吉の見ているそれとは、同じものでありながら全く異質である。『むらぎも』の作者は、建物を見、並樹を見、見たものを正確に再現しようとしている。この建物は、初秋の雨の日、東大の構内を歩けば、私たちの眼の前にあらわれるはずのその建物である。見たものを再現するのは記憶の力であるが、記憶のはたらきは一面想像に似ていながら、スタンダールの指摘するようにそれとは相剋する。だが、「奇妙な仕事」の作者はなにも見てはいない。時計台も、並木も、犬の吠え声も、それらは現実に誰の眼にも見えるように存在するものではない。正確にいえば、「附属病院の前の……」から「……犬の吠え声が聞えて来た」

までの数行で、作者は半ばものを見ている。これはいわば半眠半覚の状態である。しかし、「風の向きが変るたびに犬の声はひどく激しく盛上り……」あたりから作者の夢がはじまる。この短篇の読者は半覚の状態からつるべ落しに夢におちこみ、結末の、「夕暮れた空へひしめきあいながらのぼって行く」犬の咆哮の残響のなかで覚醒するという体験を持つだろう。「奇妙な仕事」のリアリティは、夢によってはじめて証された現実のリアリティである。

大江氏は、この頃、場末の下宿の二階にいて、壁が動き出す幻覚にとらわれたり、急に息がつまって押しつぶされそうになるために大声でひとりごとをいったりするというような日を送っていたらしい。「奇妙な仕事」には、その頃の作者の心境を暗示する一節がある。

《……僕はあまり激しい怒りを感じない習慣になっていた。僕の疲れは日常的だったし、犬殺しの卑劣さに対しても怒りはふくれあがらなかった。怒りは育ちかけ、すぐ萎えた。僕は友人たちの学生運動に参加することができなかった。それは政治に興味を持たないこともあるが、結局、持続的な怒りを僕が持ちえなくなっているせいだった。僕はそのことを時々、ひどく苛だたしい感情で思ってもみるが、怒りを回復するためにはいつも疲れすぎていた》

あの「夢」は、重い疲労感だけに現実的なものを感じ、人間を嫌悪し、周囲の現実を拒否していた孤独な東大生のみていた夢である。大江氏が東大の学生であったこと、しかも文科生であったということは重要で、以後の彼の一連の作品に出て来る学生のイメイジは、他のどの大学よりも東京大学というう特殊な学校――学生運動が年中行事であり「進歩的」な雰囲気と使命感の要求が一人一人を圧迫し、誰もが運動の用語で語りあうといった学校のなかにおいてみたとき、生き生きとしはじめる。作家の想像力は、おのずから彼の属する現実の拘束をうけるということの好例であろう。

このような雰囲気のなかで、犬を焼く煙の「淡い桃色がかった柔かな色の煙」を夢み、それを「ふだん人間を焼いている時より少し赤味がかった優しい色」だと感じるような感受性の持主が、何によって武装しなければならなかったかは明瞭である。彼は眼を見開いていることができない。中野重治氏の「まっすぐに背をのばした」青春は、眼をあげても、のを見つめ、見たものを「列挙」するという方法を可能にした。『むらぎも』の建物や街路樹は、このまなざしにとらえられた対象である。しかし、大江健三郎氏の「前屈みになった」青春は、猥雑で不安定な世界をもはや見つめることができない。彼がわずかに見うるのは、閉じられた視野のなかにうかびあがる建物や並木のイメイジである。しかし「列挙」された現実の建物や街路樹が、個物の明瞭な輪郭を持ちながらやはり個物にとどまるのに対して、イメイジに「凝縮」された建物や並木は、個物をこえた意味を得てふくれあがり、世界のなかに存在するものの重みを持ちはじめる。三十枚の短篇がよく立体的に現代の背理をとらえ得たのは、この「凝縮」がおこなわれたからである。大江氏は自らの「夢」をペルセウスの楯にして、現代の「暴虐な現実」をそこにくまなく映し出した。彼はもっとも個人的な不快感と疲労に執することによって、逆にもっとも普遍的な現代の影像をとらえたのである。

「死者の奢り」と「他人の足」は、それぞれ「文學界」と「新潮」の一九五七年八月号に発表された。前者はこの作家の文壇的処女作で、愛着の深い作品らしいが、「奇妙な仕事」のなかには渾然と融け合っていた観念と抒情が、すでに微妙な分裂を示しはじめているのは注目すべきことである。大江氏はこの作品によって、もっぱら観念の新しさを評価され、「思想を表現しうる文体を持った新人」といわれた。だが、実は「死者の奢り」の魅力は、点綴されたサルトル流の実存主義の用語の目新しさよりも、あの徒労と背理の認識に支えられた新しい動的な抒情にある。「他人の足」にはこの分裂はない。しかし、「奇妙な仕事」にくらべると抒情が勝っていて、その結果、この短篇は軽いのである。この作品が鑑賞家に好評で、堀辰雄の現代版という批評もあったのは、おそらくその抒情性のためであろう。やがてこの分裂は次第に深まり、『芽むしり仔撃ち』と「見るまえに跳べ」の間では決定的な溝をかたちづくり、『われらの時代』と「夜よゆるやかに歩め」にいたると、観念と抒情は完全に離婚してにわかに色あせはじめる。大江氏のこの変貌の過程は、この文学世代の精神の軌跡のひとつの象徴として、あるいは後世の文学史家の注目をひくかも知れない。

一九五八年一月号の「文學界」に発表された「飼育」と、同年六月号の「群像」に発表された『芽むしり仔撃ち』とは、当時「日本読書新聞」に文芸時評を書いていた私に、大きな衝撃と感動をあたえた作品であった。「飼育」で、大江氏は「死者の奢り」では幾分それによりかかっていた観念のわく組みをみごとにのりこえ、やや過剰なほどの華麗なイメイジを展開して、彼の背理の世界の屍臭を飾っていた。この作品のなかでは、「戦争」と主人公の内的な成長の背馳が美しいフーガを奏しているが、このフーガは、大江氏の世界のねじれ目に一閃して「僕」の指を砕く「父」の鉈の輝きによって完成させられている。『芽むしり仔撃ち』の世界もまた、処女作以来この作家の作品を一貫して来た二重構造の世界であって、その外側には「戦争」があり、内側には疫病で封鎖された村がある。この村が、ある山村であると同時に普遍的な村であることはいうまでもない。しかし、ここでは歴史の悪意は偶然のかたちづくる「宿命」としてではなく、村を棄てて逃げた大人達の行為の結果としてとらえられ、ここには「疲れすぎた」処女作の「僕」のかわりに、大人達の行為の「卑劣さ」を糾弾する「僕」がいる。この発見が、『芽むしり仔撃ち』を、それ以前の作品から一歩進めた佳篇とした大きな動因であった。

ところで、これら一連の作品に展開されているのも、やはり一種の「夢」であることにかわりはない。この頃大江氏は一躍文壇の寵児となり、同じ年の「文學界」十月号の座談会「第二の復興期」でも最初から臼井吉見、平野謙、山本健吉氏ら代表的時評家によって問題にされたが、そこで平野氏の提出した次のような疑問は、期せずしてこのことに裏側からふれていた。

《たとえば「死者の奢り」を僕は相当丁寧に読んだんですが、読めば読むほど、あの死人を入れた浴槽のようなものがどのくらいの大きさの、どのくらいの高さのものか、わからないんだよ。その描写を読むと、自分の背の高さとスレスレのものか……しかしイメイジとしてはウンと高くて、ウンとでかいような気がするんだけれども、（実際の水槽は）だいたい銭湯（の湯舟）ぐらいのものらしいんだな。そこに何十人といるわけでしょう。具体的なイメイジとしては、そういう点では落第なんだよ。細かく見るとね、大江君にはそういうとこがあるんだな》

この事情は、『むらぎも』の描写と、「奇妙な仕事」のイメイジとの間に存在する事情と同じである。眼に見えるものを描写するリアリストは、眼の前にあるものに拘束される。しかしものを見ないところから出発するイマジストは、個物に拘束されることがない。この二つの態度の間に横たわっているのは、実在を測る客観的尺度の消滅という認識であって、ここにもマルクシズムという包括的な世界により得た世代と、すでにそれにより得ない世代との認識上の根本的な断絶がある。イメイジは、客観的な実在の尺度に合致しないからといって、真実ではないとはいえない。そのリアリティを保証するのは世界に対面し、それに耐える作家の主体の凝縮の深さである。この見地からすれば、「死者の奢り」や「飼育」が「落第」どころではないことはいうまでもない。

しかし、それならばどうして『芽むしり仔撃ち』の感化院の少年達の「勇者の倫理」がしばしば、日本の現実から遊離した遠い国のお伽噺のような印象をあたえるのであろうか。イマジストは世界を見ない。が、存在するのはイメイジだけであろうか。果して世界は実在しないであろうか。この佳作を書きあげたとき、大江氏の直面した難問はこれである。彼はここで、「認識」から「決意」へと進んだ。「決意」は当然現状否定の意志である。この意志と、意志の激突すべき日本の現実との距離が、当時まだ生活しはじめていなかった大江氏に測定できなかったとしても不思議はない。彼は自らの意志の正しさを疑わず、また疑い得もしなかった。彼がえらんだのは、自らのイメイジと実在との関係を今一度たしかめる——自分の生きかたについて検証をおこなうということではなく、文学と実行との不安定な分離であった。文学という行為のなかで否定するかわりに、彼は一面において現実にむかって叫び、一面において今日の状況に埋没しはじめたのである。

一面において叫ぶとは、現実の自分を「勇者」と措定し、そのように振舞うことである。ジャーナリズムは「勇者」となった大江氏の影像をまきちらしはじめ、彼も幾分この虚像を信じはじめた。しかし、実はそのときから埋没がはじまっていたのである。作品の世界があの「凝縮」を喪い、作者が一転して一般的な概念のなかに甚だ個人的な不快と疲労をまきちらすという倒錯をおかしはじめたのは、そのあらわれにほかならない。徒労と背理の認識のあとには、皮肉なことに徒労と背理の実践がつづいたのである。大江氏は、自らそれと知らずに、あのドンデン返しへの道を歩みはじめていた。

「戦いの今日」と「不意の唖」は、大江氏が「飼育」によって第三十九回の芥川賞を受けた翌月、各々「中央公論」と「新潮」の一九五八年九月号に掲載されたものである。前者を平野謙氏が、後者を臼井吉見氏が称讃したのをはじめとして、この時大江氏は讃辞の渦のなかにいたが、私には「戦いの今日」の「アクチュアリテ」はすでに「飼育」のリアリティに及ばぬものと思われ、「不意の唖」のうまさはむしろ技巧の空転を感じさせて心外であった。そのことをたまたま紀伊国屋書店のパーラーで逢った彼にいうと、彼は「どうも小説が早く書けてしかたがない」といって、困ったような顔をして笑った。翌五九年に「婦人公論」に掲載された「夜よゆるやかに歩め」は、こういう状態のなかで書かれた作品で、流行児となった彼の前に出現した都会生活のひとつの影のような情事の物語であるが、私には当時の彼自身が、スコット・フィッツジェラルドの小説の主人公に見えてしかたがなかったものである。

これと前後して、彼は物議の中心となった長篇の野心作『われらの時代』を発表し、非難と共感の渦のなかに立った。以後の彼があの難問の周辺で苦闘していることは周知の通りである。私がこの稿を草している五月初旬現在、大江氏は文藝家協会の代表の一人としての中国旅行の準備をしているはずである。幾多の「勇者」を興し、亡ぼした大陸の広大な自然が、彼になにものかを啓示することを、私は希っている。この才能豊かな作家の直面している問題は、単に彼一個のみの問題ではないからである。

（筑摩書房『新鋭文学叢書』12江藤淳編集・解説「大江健三郎集」・一九六〇年六月）

自己回復と自己処罰

1

大江健三郎氏が芥川賞を獲得したのは、一九五八年七月である。それ以後の氏の作品にはひとつの変化がおこった。それは農村が小説の舞台に選ばれなくなったということである。それとともに、「飼育」や『芽むしり仔撃ち』の豊饒なイメイジと古典的完成は、もはや氏のものではなくなった。私は、氏の初期の名作を偏愛したひとりの批評家として、このことを限りなく惜しんだ。

かわって氏の小説に登場するようになったのは、都会に生活する孤独な夢想家の青年たちである。それと同時に、大江氏の小説はあるぬぐいがたい不幸の影をおびだした。自然や動物との汎神論的な交感をなしえた山村の少年にかわって、都会に移植された孤独な青年が出現した瞬間に、不幸はあたかも作者の心を蝕みはじめたかにみえる。私はこの変化に心を痛めた。私は人間が不幸であることに驚きはしないが、不幸をさらけ出して生きる人間を見ているのが好きではない。作家は少くとも自分の不幸を直視し、しかもそれを隠して生きるたしなみを忘れてほしくないと思うからである。そういう私は、だから大江氏の小説に描かれた絶叫する青年に出逢うたびに、いつも眼をそむけたいものを感じた。もとより私は氏の才能の非凡さに対する敬意を喪ってはいないが、私のなかでこの眼をそむけたい気持は、氏の才能に対する敬意と和解できぬままに同居している。大江氏の豊かな才能と資質に讃歎を惜しまぬ私は、同時に氏の作家的人格の底にある不思議な自己分裂に、承服しがたいものを感じる者である。そのことをまずここに記しておかなければならない。

私見によれば、芥川賞以後の大江氏の主人公たちは、つねに自分をにせものと感じ、どうにかして「本来の自分」をとり戻したいと焦慮する青年たちである。この感情は、土地を所有する定着農民の感情ではなく、いわば故郷を奪われて流浪する者の感情である。この「自己回復」の欲求は、現在の自分をにせものと看做す価値判断から生じたものであるから、とりもなおさず「自己処罰」の欲求だともいえる。『セヴンティーン』、『叫び声』、『性的人間』の三作に一貫しているのは、この「自己回復」＝「自己処罰」の主題である。処刑の瞬間に、はじめて真の自己が啓示されて、主人公が断末魔のなかに自己回復をなしとげる、というパターンがくりかえされているからである。

これが大江氏にとってもっとも切実な主題だとすれば、このパターンは氏にとってもっとも切実な体験を反映しているはずである。近代小説はいうまでもなく作者の内的体験、あるいは作者の眼に映じた自分と世界との関係の告白である。そして、このパターンが芥川賞受賞以前の大江氏の作品には明示されず、それ以後の作品にくりかえされているとすれば、氏にとってのもっとも切実な体験は、ほかならぬ芥川賞受賞だったということになるであろう。芥川賞が、といって悪ければそれにともなう生活の激変が、氏をにせものの生活に投入し、そのなかから氏はようやく自己回復の努力を開始した。そういう内的経験が大江氏の一連の作品に反映されているとしても、おそらくさほど事実と遠くないはずである。

　商業ジャーナリズムが、芥川賞作家を社会現象としてとりあつかいはじめたのは、石原慎太郎氏が『太陽の季節』で受賞して以来のことである。だが、石原氏の場合には、この傾向はいわば自然発生的にかたちづくられた。ジャーナリズムは、『太陽の季節』が文学作品としてというよりはむしろ一個の社会現象として世間の注目を集めたのを見て、はじめて芥川賞が社会現象にもなり得ることに気がついたのである。しかし、大江氏の出現までには、この方式はすでに完全に制度化されていた。氏は、芥川賞を受けることによっていわば自動的に「新世代」の代表であり、成功物語の主人公、現代学生気質の一典型、あるいは新憲法の擁護者などにならなければならなかった。氏以前のどんな作家も、これほど組織化された巨大なジャーナリズムから、これほど多くの役割を期待されたことはない。その一事を思っても、大江氏のこの体験がいかに類例のない孤独な体験だったかは明らかである。しかもこのとき、氏は若冠二十三歳の青年で、愛媛県から上京してまだ日の浅い無名の東大仏文科生にすぎなかった。

これは大江氏の文学的勝利の社会的帰結である。そしてこの帰結は、地方出身の才能ある一学生に、急激に都会生活に適応することを求めたのである。氏は「学生」の役を演じつづけながら、細心な職業意識を必要とする作家生活を開始しなければならなかった。氏は同時に、地方青年の感受性の上に、尖端的な都会青年の仮面をつけることをも要求された。幸か不幸か、氏はそのいずれをも大過なくやりおおせる才智と勤勉さを身に備えていたといってよい。しかし、実は不幸はこのときからはじまっていた。こういう自己分裂の強制が、何の免疫も持たぬままジャーナリズムの渦中にまきこまれた敏感な青年に、高価な代償を支払わせぬはずはないからである。私は、この頃の大江氏の主人公たちが急速に影を喪失して行くのを、茫然と眺めていたのを覚えている。氏はこのときすでに、初期の作品を支えていた「村」や「大学」の秩序から根こぎされ、無秩序な大都会の只中にほうり出されていたのである。

作家的成功が人間的不幸をまねくというのは、いい古された決り文句である。一夜の内に有名になった青年が、自己喪失に陥るというのも世間によくある現象であろう。しかし大江氏の独創は、やがて氏がこの体験を氏自身に特有な個人的体験と看做すようになったというところにある。それは、氏が外界の刺激に敏感に反応する青年であるばかりではなく、自己の内面に誠実な作家でもあり、氏を見舞った体験の孤独な性格から眼をそらすことができなかったからである。氏は、自分の成功のもたらした悲惨さを、一般的な悲惨さのひとつの例としてではなく、氏自身に、あるいは氏の世代に、さらにはもっと広く戦後の日本人全体に固有な悲惨さだと看做そうとした。これはいうまでもなく極度に自己中心的な態度である。皮肉にいえば、大江氏はあたかも戦後日本の悲惨さを一身に背負った宿命の子であるかのように、自己のイメイジを描き出してみせた。しかし、この一種誇大妄想的な確信は、不思議なことにどこかで時代の問題の根源に触れてもいた。現在の自分はいかにせものであり、本当の自分はどこへ行ってしまったのかわからない。しかも、あまりに深く「仮り」の、あるいは「にせ」の生活の中にひたりすぎたために、破滅とひきかえにしか「本来の自分」にめぐりあえない。……こういう不安を、過去十年間の日本人はひそかに味いつつあったからである。

不安の源泉となったのは、いうまでもなく最近十年間に日本が体験した急激な「近代化」である。それは今まで馴れ親しんだ生活から人々を追放し、いながらにして住みなれた町を「外国」に変えた。農村は変質し、農業人口の減少にともなって都会は流入する移住者のために膨れあがった。誰もが無意識のうちに「近代的」な生活を演じはじめていたが、それが果して「本当の」生活かどうかを知っている者はなかった。大江氏が一介の学生からジャーナリズムの人気者になったように、人々は持ちつけない自家用車を乗りまわすようになり、扱いつけないゴルフ・クラブを振りまわし、使いつけない英語の単語を口にするようになった。これはちっぽけな「成功者」の量産であるが、量産された小「成功者」たちは、いつも自分ではないものの下手な猿真似をしているというおさまりの悪さから解放されなかった。

不安をひきおこしたのは、経済生活の激変だけではない。政治的にいっても、初期の大江氏が「奇妙な仕事」、「死者の奢り」以下の一連の作品であれほど鮮明に描き出してみせた「監禁された状態」は、最近五ヵ年のあいだに著しく変化していたからである。日米安保条約改訂の結果、日本人を敗戦以来閉じこめていた「壁」は、崩壊しないまでも遠のいたように感じられた。人々はあいかわらず占領時代以来の語彙で語っていたが、一方では意識の底からおずおずと「日本」という魚を釣り上げにかかっていた。この大きな魚は、ときには糸を喰いちぎり、ときには暗い沼の底に釣り手をひきずりこもうとした。だが、人々は、日本人でありながらまだこの「本来の自分」と自分自身を一致させるのをためらっているように見えた。この自己回復は、かつて征服者によって処罰された自己の汚辱を、そのまま引き受けることをも意味したからである。

だから大江氏は、前述の自己回復＝自己処罰という私的欲求に忠実であることによって、期せずして現代日本人全体の隠された欲求と苦悩を、自らの主題のなかに反映させてみせたといえるかも知れない。私的体験を語ることが、そのまま国民的体験を語ることになるような作家は、せいぜい一世代にひとりしかあらわれない。それはかつては三島由紀夫氏であり、今日では大江健三郎氏だというのがおそらく衆目の認めるところである。その意味で、大江氏の文学はまぎれもない「戦後」の文学である。つまり、満州事変以来十五年つづいた大戦争のあげく、三百万余の犠牲者を出して無条件降伏し、今なお外国の政治的・軍事的・文化的影響下にある国の文学である。

しかし、どのような時代に書かれた文学であれ、文学作品にはもしそれがすぐれたものであれば必ず不易の相というものがある。つまり時代的条件を超えた真実や美にかかわる一面である。この角度からみれば、つねに「本来の自分」を探し求めて彷徨している大江氏の主人公たちは、いわばソフォクレスの「エディポス王」以来の不易の問題に触れているというべきであろう。この不易の主題が古典的悲劇を生むか現代的小説を生むかは、作者と時代との相互交渉が決定する。私が以下で試みようとするのは、大江氏の『性的人間』のなかで、例の自己回復の欲求がどのような軌跡を描くかを検討することである。『セヴンティーン』、『叫び声』の二作は、『性的人間』でひとつの頂点に達するこの試みの、一種のエスキースにすぎないものと思われるからである。

2

《暗闇のなかを象牙色の大きなジャガーが岬の稜の突端まで疾走して来る。ジャガーは夜の海にむかって右に、滝のように不意に急勾配の降り坂となった枝道へはいりこみ、岬の南端に脇の下のようにかくれている耳梨湾《ミミナシ》にむかった。ジャガーはアリフレクス16ミリを積んでいる。車も、撮影機も、みんなからJ《ジェイ》と呼ばれている二十九歳の青年のものだ。J、その妻、ジャガーを運転しているJの妹、中年男のカメラマン、若い詩人、二十歳の俳優と十八歳のジャズ・シンガー、その七人がジャガーに乗ってJの別荘にむかうところだ。Jの妻がつくっている短篇映画のいくつかのシーンをとるために》

この書き出しは奇妙な書き出しである。「耳梨湾《ミミナシ》」という架空の地名を除いて、物語の国籍を示す言葉がひとつもないからである。つまり作者は、ここで登場人物がすべて日本人であることを意識的に隠し、無国籍の印象をつくり出そうと努めている。それは、ひとつには彼らが「近代化」された世界の住民だからであり、ひとつには作者に自分の日本的な正体を認めたくない気持があるためであろう。「耳梨湾《ミミナシ》」という万葉的・古代的に響くグロテスクな固有名詞と、「ジャガー」、「アリフレクス16」、「J」などという超近代的な外来語の固有名詞との衝突から生じる不協和音のなかに、いわば『性的人間』の主題が隠されている。

「ジャガー」、「アリフレクス16」等々は、いうまでもなく作者の眼に映じた都会の象徴である。現実に都会で生れて育った者の前には、都会は決してこういう姿を現さないが、急激に都会に適応することを迫られた者にとっては都会とはつねに最尖端の風俗を意味するからである。このような都会は極度に抽象化されたもの、あるいは生活を欠いた幻影である。したがって七人の登場人物は、いわば幻影の中に生きている。これに対して、「耳梨《ミミナシ》湾」（片仮名でルビがふってあるのはおそらく折口信夫博士の意識的な模倣である）とは、もちろん作者の内部にひそむ過去、あるいは故郷の投射である。疾走するジャガーが漁村に乗り入れたとき、はじめてこの「都会」は「故郷」をヘッド・ライトのなかに照らし出す。

《突然の強い光のなかで盲の地鼠のようにたじろいでいる三十人ほどの漁民たち。おもに女だ。数人の老人たちと子供たちがそれにまじっている。女たちはみなアイヌ人のように濃く暗い色の厚司《アツシ》を着こんでいて、誰もおなじ年齢、中年のように見える。みな昂揚し苛だち不機嫌な中年女たちの集団。ヘッド・ライトはすべての者の顔をみにくく動物的に、卑小に見せる。人々は敷石道をいっぱいにうずめて一軒の家の前にたたずんでいる。いまはすべての顔がジャガーに向けてふりかえられているが一瞬前まではすべてその眼がその家を見つめていたことが確かに感じられる》

「顔が……ふりかえられている」というのは破格の語法である。「ふりかえる」という動詞を受身に使った文例を私はほかに知らない。これはおそらく作者の不用意な文法無視の結果であろう。が、ともかく漁民たちの眼が凝視しているのは姦通を犯した女の家である。この視線のモチーフは『性的人間』の全篇を通じて効果的に用いられている。それは秩序と掟を象徴する処罰のライト・モチーフである。

ジャガーを走らせて部落全体を見渡す高台に出た七人は、やがて辱しめられている女が、ひとりで米を研ぎながら戸外からの視線の圧力に抵抗している姿を見出す。出入口を板でうちつけた家の前に黙々とたたずむ漁民の群と、たったひとつの灯のともった窓の外でやはり黙々と米を研ぐ女。ここには罰する者と罰される者との、あるいは集団と個との明確な関係がある。しかし、ジャガーの中の七人は、この明確な構図と自分たちとのあいだに、どんなつながりを見出すこともできない。なぜなら、彼らはお互いに「見」も「見られ」もしない人間——都会によって根こぎにされ、秩序や掟のきずなを絶たれてしまった人間だからである。

Jの妻が、姦通した女の動作を見て「米を研いでいるのよ」というとき、彼らと民衆とをつなぐ隠された農耕文化のきずながわずかに暗示されかけたかに見える。しかしJの妻は「考えもせずに」、「瓶からじかにウイスキイを飲」みながらそういうのである。この部分のある哀切なアイロニイ。

だが、都会に属することが秩序や掟からの解放を意味するというのは、移住者にとってだけである。移住者は村の掟をのがれて都会に出、そのことによって一切の掟から解放されたと信じる。それはまたストイックな村の日常生活から、間断のない酔いと性行為とをともなう祭りへ身を投じることでもある。作者にとっての都会が、このような移住者特有の都会観の上に描かれているということは注目に値する。『性的人間』の登場人物たちは、すべてこういう幻影の都会に棲息する人々である。

ジャガーの七人は、ほどなくJの山荘に到着する。ここでのセックス・パーティの狂言まわしは、無論Jである。彼らはJの妻が監督する短篇芸術映画「地獄」をつくりにやって来たが、実は「地獄」は映画のなかではなくて、Jの内部にあることが明らかになる。Jは正常な性行為を行うことのできない男色家で、そのことを妻にも隠して暮している人間だからである。彼の最初の妻は夫が男色家であることを知って絶望して睡眠薬自殺をとげた。現在の妻は不感症の映画狂である。しかしこれらの女たちとの関係はJにとっては「にせ」の関係であり、彼はいつかは男色の相手を夫婦のなかに導きいれて、「本来の自分」にふさわしい満足を得たいと願っている。こういうJの画策のために、七人の登場人物のあいだの性的関係は、不自然にねじまげられなければならない。その不自然さ、人工性を彼らが自覚しないのは、彼らが「見」も「見られ」もしない酔った――あるいは酔わされた人々だからである。

七人のなかで一番醒めているのは、かつてJの妻の恋人だった若い詩人である。彼はこのセックス・パーティにおびえ、Jの妻にすすめていう。

《「この山荘から外へ逃げよう。きみをJの所から救出してやる。出て行こう！」》

だがそれに対する女の冷笑的な答は、次のようなものである。

《「わたしたちは、単に酔っぱらっているのよ。愛からじゃなく、欲望から、どこかへかくれようとしているのよ」》

彼女はここで、この人工的な、無機的な性の祭りが、ほかならぬ「愛の不在」という共通の諒解のもとに成立していることを指摘している。それが都会的な人間関係だとすれば、作者にとっての都会の定義は、「愛」がなくて「欲望」のみがある場所だということになるにちがいない。「欲望」は非個性的なものであるから、ここでは人間はそれぞれ個性をぬぎすてて「欲望」の海のなかに自己解消することを求められるだけである。

しかし、このような「欲望」のクライマックスに、それを刺し通すひとつの視線が出現する。最初にこの視線をとらえるのは、Jの愛人のジャズ・シンガーである。

《「誰かが見ているという気がするの、二階では！　Jもわたしもそういう気がするの。とくにわたしには、小さな二つの眼がドアのところに見えたのよ。それでJはだめなのよ、どうしても、ならないのよ」》

次にこの視線を感じるのは、ジャズ・シンガーにかわってJに満足をあたえようとするJの妻である。彼女は不感症であることを「解放された」女性の証拠と考えるような女に描かれている。あるいはこれはボーヴォアール流の「解放」を、「涸渇」、または生の根源からの遮断とするような、作者の内密の女性観を暗示しているかも知れない。これは決して大江氏の「民主主義」的エッセイにあらわれることのない視点である。

だからJの妻は、今しがた昔の恋人の若い詩人に愛撫されかけて快感を覚えたことに、少からず動揺を感じている。つまり、彼女もまた快感をひそかに求めながら不感症を演じている「にせ」の「解放された女」であり、自分を只の女にしてしまう自己回復を恐れているのである。

《Jは性交しながら幾度も頭をねじって、どこかから二つの眼が見ている、といっていた。あたしは、いいえ、誰も見ていないわよ、J、いい気持でしょう、早く安心して、なってしまいなさい、誰も見てなんかいないから、といってJをはげました。しかし、わたしも誰かがわたしたちのことを見ていたような気がする。それはばかな女みたいに、牝犬でも感じるオルガスムを感じ、前衛映画をつくるというすばらしい仕事への情熱を、穢らわしい性本能におきかえるわたしの敗退の瞬間を見ようとした、悪霊の眼なのか？　すすり泣きながら、蜜子は眠った……》

視線は三度目に、もう一度ジャズ・シンガーの娘の前にあらわれる。

《その鳥の影がさっとひらめいたように一瞬なにか小っぽけな運動体がジャズ・シンガーの閉じた瞼のむこうを暗くした。十八歳の娘はまだ放尿しながらうっとり眼をひらく。すぐ前に、その小さな存在は吊されたように停止して、輝く二つの眼で彼女を見つめていた。ああ、あんたね！　あの眼は！　と彼女は声をたてることなく喉の奥で叫ぶ。眼はたちまち自分自身の背後に敏捷に跳びすさった。ジャズ・シンガーはあまりに酔っていたし、あまりに眠かったので、視線ですらそれを追うことができない。それは仔猿のようでもあったし、道祖神のような小さな神のようでもあった。結局娘は放尿しおわって便器からゆっくり立ちあがるまでに、その闖入者のことを忘れてしまっていた。彼女は広間にむかって夢遊病者のように歩きながらしだいに深く睡りこんでしまった》

Jの妻とジャズ・シンガーと、二人の女の前に交互にあらわれるこの「二つの眼」を利用して、たたみかけるようにサスペンスを盛り上げて行く作者の手法は、巧妙なものである。この知的手法が効果をあげているために、『性的人間』の色彩感と肉感の乏しさは、さほど致命的な欠点とは感じられないほどである。小さな「運動体」が「道祖神のような小さな神」に見えたというのも見逃せない点で、それば「耳梨湾《ミミナシ》」と同じ過去＝故郷の象徴だということを示している。つまりこの「二つの眼」は、「村」の掟の暗い深みからセックス・パーティにふける人々を凝視し、糾弾しているのである。だが、それにもかかわらず女たちはこの視線を引き受けることができず、ふたたび眠りにひきもどされてしまう。この部分は、あるいはゲッセマネのキリストの弟子たちの眠りを思わせるかも知れない。睡眠とはもちろん自己回避、あるいは「見」も「見られ」もしない状態への自閉である。

しかし、この眠りは永遠にはつづかない。朝の到来とともに、「小っぽけな運動体」の正体が明らかにされるからである。それは実は漁村の少年であり、あの姦通した女の家を凝視していた視線のひとつであった。だから、この「小動物」が「憎悪の毒にまみれた奇妙なキンキン声」で、《オラ見タガゼ！》と叫んだ瞬間に、それまで触れあうことのなかった「都会」の無秩序は、にわかに「村」の秩序との明確な関係に置かれ、後者によって限定されるものになる。つまりそれまでは「善」でも「悪」でもなかったジャガーに乗った七人の行為は、このとき少年の視線によってはじめて「悪」と規定される。祭りの夜が明けて朝の現実があらわれたとき、彼らは秩序の枠を超えた存在から、秩序によって告発される汚れた罪人に変質したのである。

作者はこの変質の過程を、きわめて印象的に描いている。最初に人々の心に湧き上って来るのは、羞恥の感情である。彼らはすでに「見られ」てしまったからであり、「旧約聖書」の「創世記」の、

《彼らの目倶《とも》に開けて彼等その裸体なるを知り……即ちエホバ神の面を避けて園の樹の間に身を匿《かく》せり》（第三章七、八節）

という体験に見舞われたからである。次にこの伏せられた眼は、一転してお互いの正体をあばきあう「視線」の交換——相互に行われる責任の転嫁に用いられる。この醜い相互告発は、七人を非個性的な「欲望」の鋳型にとかしこんでいた「架空の友情」を次々と崩壊させ、その無残な廃墟からおのおの孤独な、「忿懣と不信」にとり憑かれたひとりひとりが立ちあらわれる。……こういう手法の背後には、あるいはサルトルの戯曲『出口なし』などの影響があるかも知れない。大江氏の卒業論文はサルトルに関するものだったか

らである。

しかし、次の瞬間に、七人は「友情」からではなく利害から、もう一度偽りの団結を迫られる。例の少年の知らせをうけて、憤激した漁民の群があらわれたのである。漁民たちの出現は、おそらく作者の倫理的判断の核をかたちづくっているのが、農漁村的な慣習律とでもいうべきものであることを示しているにちがいない。農民にとってそれが豊かな収穫のために行われる呪術であるように、漁民にとって性行為とはもともと豊饒な漁獲を祈って行われる一種の呪術であった。それは私的であると同時に公的なもの、集団の掟のなかでその利益のためになされる祭儀である。これに対して姦通や他所者による乱交はこの秩序の攪乱であり、その故に不漁をもたらすものと考えられる。……

このように生産手段と不可分に結びついた道徳、あるいは掟の感覚が、作者のなかに深く秘められていることは注目すべき事実である。だが、漁民たちはJの妹の「権謀術数」にまるめられて、彼らの告発はなんの結果も生まない。七人の「都会」人と漁民たちとのあいだには共通の言葉がないからである。しかし、こうして漁民たちの私刑をまぬがれた七人は、ほかならぬそのことによって自己回復＝自己処罰の契機を失ってしまう。

《ああ！　とすすり泣きながら二十歳の俳優はつぶやいた。〈ああ、おれは厭なんだよ、こんな所で、こんな裸で、こんな仕事をしていて、おれはすこしも楽しくないんだ！ああ、おれは厭なんだよ、もっと本当におれ向きの楽しい仕事がある筈なのに、ああ、

それは他の若いやつがやっているんだ……》

『性的人間』の第一部がこの一節で終っているのは象徴的である。これにはあるいは作者自身のひそかな嘆息が重ねられているかも知れない。

3

『性的人間』第二部のパターンは、本質的には第一部と同じである。漁民の出現によっては完了させられなかったJの自己回復＝自己処罰が、第一部より小さな円を描きながら完結させられるからである。ここでは舞台は「耳梨湾《ミミナシ》」から都会に移されているが、作者は第二部でもふたたび「畝火町《ウネビ》」という架空の地名を用いてあの過去と故郷の副主題が全篇に一貫していることを明らかにしている。

第一部では、男色家であることを隠して正常な男性の役を演じている男に描かれていたJは、第二部では「ある朝、不意に……痴漢となることに定め」た男として提示される。このことに関して、作者が、Jは「男色家的本質というものが生れながらに一人の人間に内在的に存在してその人間を一生涯、男色家として決定する、というように考えるタイプではなかった」と説明しているのは、いささか御都合主義の誇りをまぬがれないであろう。もし男色家的本質が決定的なものでなければ、Jは最初の妻を自殺させる必要もなく、セックス・パーティの混乱に乗じて自分の性的野心の実現を企てる必要もなかったはずだからである。しかし、この人物提示上の御都合主義は、逆にいえばそのまま作者の自己処罰の欲求の激しさを反映したものだともいえるであろう。作者はJの本質をねじまげてまで、Jを罰したかったのだとも考えられるからである。

《なぜ自分が痴漢であることを選んだのか？　ということについてJはとくに集中して考えたことがなかった。それはかれの心のすみにつねに、まだ自分が真正の痴漢ではないという意識があるからだったし、また一方では、自分が暴力的な他人の腕にがっしりとつかまえられ、数かずの恥辱をうけるときに、自分が決定的にそれを考えざるをえなくなるであろうという苦しい予感をいだいているせいでもあった。ただ、時どき、かれ自身の内部の奥底においての、自分が痴漢であることの意味のフラッシュが、意識の表面にきらめきながら浮かびあがる瞬間はあるのだった。突然の執行猶予停止のように》

そして、さらに、

《痴漢としてのかれはじつに様々の伏兵を、禁忌を、外部社会からの敵意にみちた制止信号を発見した。生れてからそのときまでJは外部社会がそのようにかしましく自己主張的にかれにむかって起きあがって来るという印象をうけたことがなかった。Jは社会的な行動家としての痴漢になった日、社会の存在感についてもっとも敏感になったわけだ》

つまり、作者がJを「痴漢」にしたのは、そのことによって一層確実にJを社会の掟に近づけようとしたからである。いいかえれば、「痴漢」になることによって、Jはさらに確実に自己回復への第一歩を踏み出したのである。Jはある中年女に痴漢的行為に及ぼうとして手をつかまれ、逆にホテルに連れこまれて性交を強要されるが、どうしても行為を成功させることができない。このことは彼に、求めているのが必ずしも快楽ではなくて、「快楽への熱望の裏側」にひそむ「自己処罰」であることを悟らせる。彼が「真正な痴漢」である自己に目覚める瞬間は、彼がもっとも残酷に自己を処罰する瞬間でもあるはずである。その瞬間にむかって、悪夢のようなこの小説の世界は逆おとしに堕ちこんで行く。

……

Jの妻はセックス・パーティに参加していた中年のカメラマンと結びついて離れて行く。妹はパリに去り、ジャズ・シンガーは国際的コールガールに、若い俳優はスターになった。そしてJの「痴漢」仲間の新しい知己たちは、死んだり姿を消したりする。そのひとりの地位ありげな老紳士は、街の雑踏の中に癌に蝕まれた端正な身体を消して行った。もうひとりの「厳粛な綱渡り」という「痴漢をテーマにした嵐のような詩」を書こうとしているナルシスティックな少年は、地下鉄に体当りして自己破壊をとげる。大江氏のエッセイ集『厳粛な綱渡り』の題名は、もちろんこの架空の痴漢少年の架空の詩からとられたものである。

《痴漢たち、この東京に数万人をかぞえながら、きわめて孤独でしかない、心貧しくむなしく危険な熱情にみちた日常生活の闘牛師たち、厳粛きわまる綱渡り師たち……》と作者は書いている。序でにつけ加えておけば、こういう「綱渡り師」のイメイジを、「戦後民主主義」の修身科優等生を演じる自己のイメイジに転用しているところに、おそらく大江氏の自己分裂の奇怪さが露呈されている。氏は一見「堅固な道徳家」を演じながら街を行く「痴漢」と同様に、「戦後民主主義」擁護を上の空で演じてみせているのか、あるいは氏の政治的・社会的発言はすべて「痴漢」のうわごとにすぎぬものだというのか。いずれにせよこの間には奇妙な亀裂があることを、現実のエッセイ集と架空の詩との関係は暗示しているからである。これは大江氏のすべての小説とエッセイとの間に存在する不思議な関係である。

ところでJの破滅の瞬間は、彼がもっとも安全な生活に近づいたときにやって来る。彼が不道徳な友人たちを喪ったのを見た大実業家の父親は、息子にアメリカにある支店のポストを提供しようとする。Jの前には、安全な順応主義者の日常生活の大道がひらけかけたかに見え、彼はほとんどこの道をうけいれる心境になる。彼は心も軽く父親のオフィスを出、その前に駐車してある愛用のジャガーに乗りこみそうになる。だが、その瞬間ににものかがJをつき動かして彼を地下鉄にもぐりこませ、彼は次の瞬間にひとりの娘に対して痴漢行為に及ぶ。

《新生活、自己欺瞞のない新しい生活、かれは赤く燃える頭のなかで、小さな呻き声をあげそのままオルガスムにたっした。彼の精液はもうぬぐいがたく確実に娘の外套を汚しひとつの証拠として実在していた。一瞬、一千万人の他人どもがJを敵意の眼で見つめ、J! と叫び立てるようだった。至福感とせりあっていた恐怖感の波が限りなく膨張してJをのみこんだ。数人の腕がJをがっしりとつかまえた。Jは恐怖のあまり涙を流しその涙を自殺した妻があの夜のあいだ流しつづけた涙の償いの涙だと思っていた》

このときJの自己処罰は完了する。しかし、そのとき彼は、はじめて「がっしりと」その腕をつかんだ「他人ども」との関係を回復することもできたのである。いいかえれば、このときはじめてJの存在は秩序のなかに、あるいは「畝火町《ウネビ》」のかなたの故郷の掟のなかに根を下すことができたのである。彼が今まで手さぐりしつづけていたのは、実はこの他人との確かな関係であり、自分が秩序と掟に支えられた社会の一成員であるという感覚であった。Jはこの関係を回復し、「本来の自分」を回復する手つづきを、いわば「性的人間」たることに求めたのである。

これは逆説的な手つづきであるが、そういう過程が要求されているのは、作者にとって「性」という反・社会的行為によってでなければ呼び戻せないほど、現代日本の「社会」が遠のいてしまっているからにほかならない。そこでは個人は「自由」であるが、全体との関係を失い、どんな掟を課せられることもなく不毛な彷徨をつづけている。したがって、

『性的人間』に仮託された作者の心情は、たちの悪いいたずらをすることによって親の視線を自分にひきつけようとする子供の心情に似ている。作者は権威と秩序の喪失に傷つき、絶望的な叫びをあげて父親の——つまり権威と秩序の象徴の——鞭を呼んでいるのである。

自然主義以来、日本の近代文学は、「家」という秩序の否定者、あるいはこの秩序からの脱出者によって書かれて来た。「私小説」が可能だったのも、私小説作家の背後に脱出し否定すべき家の秩序と天皇制国家の掟が厳存していたからであった。しかし、この『性的人間』から明らかなことは、大江氏が懸命に模索しているのが脱出ではなくて復帰であり、秩序の否定ではなくて回復だということである。この背後にあるのが、すでに脱出すべき「家」も、反抗すべき天皇制国家の掟もどこにも存在しないという痛切な認識であることはいうまでもない。大江氏は、この認識を小説化することによって、日本の近代文学の発想を逆転させつつある幾人かの作家のひとりであることを立証したといえる。

『性的人間』は、他の大江氏の小説同様きわめて観念的な小説である。作者はここでものを直視できないという現代作家の弱点をあからさまに露呈している。この小説に、作者のデッサン力をうかがわせる文章は只の一行もないといってよい。だからこの小説は前述の通り一篇の悪夢以上のものではないが、この悪夢は、しかし「奇妙な仕事」、「死者の奢り」、「人間の羊」その他、『芽むしり仔撃ち』を頂点とする初期の作品が、現実を直視しないことによってかえってよく「監禁された状態」を鮮やかにとらえていたように、作者の鋭敏な感受性の所産であることによって現代日本社会に本質的な問題を裏側からとらえ得ているのである。
『セヴンティーン』、『叫び声』の二篇が『性的人間』のエスキースであることについてはすでに述べた。例の自己回復の啓示は、『叫び声』では「にせもの」の日本人である日韓混血児の呉鷹男が、死刑を宣告されて母親の「呉燦《オチャン》……」という呼び声をきいた瞬間に出現する。『セヴンティーン』ではそれは主人公の少年が自己の「右翼」的本質を自覚した瞬間におとずれる。ここで「父」のイメイジを代表しているのは、金色に輝く「天皇陛下」の幻影である。つけ加えておけば、この『セヴンティーン』は二部作の前半であり、後半「政治少年死す」は右翼団体の抗議をひきおこして作者を精神的・肉体的危機に追いこんだ問題の作品であった。

これは芥川賞受賞に続いておこった、大江氏の作家生活における第二の危機である。三度目の危機は一九六三年夏、氏がはじめて男子を得たときにおこった。初期の作品については、すでに何度も書いたのであえてここでは繰り返さない。

（講談社「われらの文学」18「大江健三郎」解説・一九六五年十一月）

『死者の奢り・飼育』

大江健三郎という作家をはじめて識ったのは、一九五七年の六月頃である。ちょうどそのころ、「文學界」に批評を書きはじめていた私は、ある日、文藝春秋社の地下にある文春クラブで、焦茶の背広をややぎこちなく身につけた色白の少年を見かけた。ついぞ見たことのない特徴のある顔立だったが、彼はやがて編集者に軽く会釈すると、こちらには見むきもせず、ひどく癖のある足どりで外に出ていった。あれは誰だときくと、東大新聞の懸賞小説で一等になった大江健三郎という学生だという。大江はそのとき眼鏡をかけていなかった。

「死者の奢り」はその翌月、「文學界」の八月号に発表された。これは大江の文壇的処女作である。今読み返すと、処女作の通例にもれず、ここにこの作家のほとんどすべての主題の萌芽がかくされていることにおどろかざるをえない。だが、当時、大江はある時評家が評したように、もっぱら思想を表現しうる文体を持った新人と目されていた。ここでいう「思想」とはサルトル流の実存主義のことであって、「思想を表現しうる文体」を持つとは実存主義的認識をてぎわよく小説化した、というほどの意味である。しかし、私はそのことに感動したのではなかった。たとえば、「水槽に浮かんでいる死者たち」が、「完全な《物》の緊密さ、独立した感じ」をもっているということには格別の発見はない。作家は誰かの思想を小説化することなどできはしない。ただ、作者が兵士の屍骸に託している屈折した抒情、屍体処理のアルバイトが不可解な手ちがいから徒労におわるという背理にかくされた抒情は、かつてないすぐれた資質の出現を示していたのである。

このような抒情家の系譜には、たとえば安岡章太郎がいるし、川端康成がいる。事実、「死者の奢り」には、やや篤学な安岡章太郎をみるおもむきがなくもなかった。だが、大江の抒情は、周囲をとりまく悪意にみちた世界に屈伏せず、かえってそれに激しくつきあたろうとしている点で、過去のどの抒情家のそれとも異質であった。このような抒情は新しい文体を要求する。大江の文体が論理的な骨格と動的なうねりをもつのは、このような事情によっている。「他人の足」は同じ月の「新潮」に掲載された。観念的な饒舌がないだけに、この作品は短篇小説としてかえって「死者の奢り」よりすぐれているといえるかも知れない。とにかく、大江健三郎はこの二作によってまれにみる才能の持主であることを立証し、「パニック」によって注目されていた開高健とともに、久しく沈滞していた文壇に新風をもたらす存在であることを認められたのである。いわばこの二人を中心にして新人の時代がはじまったかのようであった。この新人の時代は、一年後に大江が「飼育」によって芥川賞をもらうまで、つづいたといえる。

「飼育」については個人的な記憶がある。その年の暮、座談会の速記に目を通すために文藝春秋社にでかけた私は、かなり長い小説の校正刷を示された。なにげなく二、三頁をくるうちに、そこにくりひろげられているイメイジや奔出してつきることを知らぬ才能にひきいれられ、私はついにそれを持ち帰って熟読するにいたったのである。それが「飼育」であって、大江の才能はこの作品によってはじめて完全に開花したということができるだろう。ここには「死者の奢り」の観念的なわく組みがなく、そのかわりにたとえばピエル・ガスカールをたくみに転調したみごとな文体がある。このような残酷な話を、かくも豪奢な美のなかに展開させることのできる作家はどのような人間であろうか、と私はいぶからずにはいなかった。というのは、これは、空から降りて来た黒人兵を牛のように飼い、彼との間に牧歌的な関係を結んでいた少年が、突然兵士の囚にされ、愛する《牛》を自分の手とともに父の鉈《なた》でたたきつぶされるという話だからである。主人公は、最初次のようにいう少年である。

《僕も弟も、硬い表皮と厚い果肉にしっかり包みこまれた小さな種子、柔かく水みずしく、外光にあたるだけでひりひり慄《ふる》えながら剝かれてしまう甘皮のこびりついた青い種子なのだった。そして硬い表皮の外、屋根に上ると遠く狭く光って見える海のほとり、波だち重なる山やまの向うの都市には、長い間持ちこたえられ伝説のように壮大でぎこちなくなった戦争が澱《よど》んだ空気を吐きだしていたのだ。しかし戦争は、僕らにとって、村の若者たちの不在、時どき郵便配達夫が届けて来る戦死の通知ということにすぎなかった。戦争は硬い表皮と厚い果肉に浸透しなかった。最近になって村の上空を通過し始めた《敵》の飛行機も僕らには珍らしい鳥の一種にすぎないのだった。》

しかし、すべてが終ったのち、彼は、

《僕はもう子供ではない、という考えが啓示のように僕をみたした。兎口との血まみれの戦、月夜の小鳥狩り、橇あそび、山犬の仔《こ》、それらすべては子供のためのものなのだ。僕はその種の、世界との結びつき方とは無縁になってしまっている。》

というのである。いわばこの作品のなかで「戦争」と主人公の内的な成長がフーガを奏していて、それが父の鉈の一閃《いっせん》で合致したということもできるだろう。倫理的にいうなら、黒人兵を屠殺し、「僕」の指を砕いた鉈は、作者のアンファンテリスムからの訣別の意志の象徴をなしているのである。

「飼育」は「文學界」の一九五八年一月号に発表されたが、以後半年の間は大江にとって「歌の季節」のようなものであった。彼は、「人間の羊」(「新潮」二月号)、「鳩」(「文學界」三月号)を書き、「群像」六月号にはじめての長篇『芽むしり仔撃ち』を試みて、ほとんどあらゆる流派の批評家の讃辞をほしいままにした。そのころ出版された第一作品集『死者の奢り』の跋文によれば、これらの作品を通じての一貫した主題は、「監禁されている状態、閉ざされた壁のなかに生きる状態を考えること」であったという。ここでいう「監禁状態」とは、時代的にいえば一種の閉塞状態であり、存在論的にいえば「社会的正義」の仮構をみぬいたものの一種の断絶感である。この二つが二重写しになっているところに、いわば大江健三郎の作品の独創性があるので、このような作者がのちに若い世代の代弁者の役割をひきうけざるをえなくなったのもあながち無理ではなかったのである。

「人間の羊」はこのことを端的に示した作品であって、主人公のアルバイト学生は、社会正義を楯にとって、彼がバスの中で米兵からうけた屈辱を公開するように迫る教員と決定的に対立している。この対立の鮮明さは、寓話的な印象をこの作品にあたえているが、これをたとえば原爆の被爆者と原水爆禁止運動との関係にひきなおして考えてみることも可能だろう。この佳作をつらぬいているのは、作者の傍観者に対する嫌悪と侮蔑である。

『芽むしり仔撃ち』は大江の第一期の創作活動にかがやかしい終止符をうつ作品であった。これと同じ月に書かれた「見るまえに跳べ」（「文學界」）以後、彼は一層今日的な主題を追って現在にいたっている。「不意の啞」（「新潮」五八年九月号）、「戦いの今日」（「中央公論」九月号）は、「喝采」（「文學界」九月号）とともに、芥川賞受賞の翌月に発表された。この月、大江健三郎はまさに若冠よく文壇を席巻しつくすといういきおいであった。しかし、同時に、彼はこのときからいつおわるともない作家生活に進んで身を投じたのである。

文春クラブでかいまみた少年作家は、「もう子供ではなかった」のである。

（新潮文庫『死者の奢り・飼育』解説・一九五九年九月）

『個人的な体験』

この小説の主人公は「鳥《バード》」という渾名でしか呼ばれない二十七歳四ヵ月の予備校教師である。彼は「自分の青春の唯一で最後のめざましい緊張にみちた機会」をつかむために、子どもを生みかけている妻をほっぽり出して、アフリカに出かけたいなどという空想にふけっている、一種の生活無能力者である。彼はもと官立大学の英文科大学院にいたが、主任教授の娘と結婚して間もなく突然「アルコールの海を漂流し」はじめ、四週間たって覚めたときには恢復しがたい精神の荒廃に達していた。それが、鳥《バード》が予備校教師をしている理由であり、この若さですでに老いこんだと感じている理由でもある。

物語は、鳥《バード》の妻に生れた赤ん坊が、脳ヘルニアという奇病を持った一種の畸型児だったという事件をたていととして展開される。この畸型児は、文学的には主人公の生活嫌悪の象徴のようなもので、その結果、鳥《バード》は妻と赤ん坊によって代表される周囲の現実からの絶望的な逃走を開始する。最初に彼が逃げこもうとするのは、例の「アルコールの海」のなかである。やがて彼は大学時代の同級生で、今は「性の巫女《みこ》」のような不思議な生活を送っている若い未亡人との性的交渉のなかに、ほとんど宗教的な安息を見出すようになる。火見子と呼ばれるこの若い未亡人が自分にははなはだしい苦痛をあたえる不自然な行為によって、女性嫌悪症にとり憑《つ》かれている鳥《バード》を救済し、正常な性関係にみちびいて行くくだりは、この小説のなかで唯一の美しい部分である。そこには少なくとも読む者の胸をうつ真実がある。が、赤ん坊を体よく殺させて二人でアフリカに逃げようという火見子の計画に同調しかけていた主人公が、最後のどたん場で「ヒューマニズム」に目覚め、生活復帰を決意するというのは、奇妙にそらぞらしい個所である。それは、作者が、火見子のあたえる胎内感の安息ほどにも「ヒューマニズム」という講壇的観念を信じていないからである。

だから、小説の結末で鳥《バード》が述べる「この現実生活を生きるということは、結局、正統的に生きるべく強制されることのようです」というモラルは冗談としてしか聞えず、それに対して答える主任教授の「きみにはもう、鳥《バード》という子どもっぽい渾名は似合わない」という「あたたかい肉親の声」も、偽善者の寝言としか聞えない。主人公は実は火見子との充足感以外何も「体験」しておらず、生活から逃走した人間に成長のあるはずもないからだ。この結末は書かずもがなである。

『われらの時代』以後、大江氏の作品を特徴づけてきた人工的イメージ駆使の技巧は、この『個人的な体験』にいたってほとんど完璧の域に近づいている。それは、しかし氏が『われらの時代』以後自分を閉じこめてきた球形の世界の内側を丹念に磨きあげた結果であって、その世界から外に出た結果ではない。たとえば、何故主人公が結婚直後に突然四週間の泥酔状態におちいって人生をおりてしまったのかという重大な謎について作者は一言も理由を述べようとしない。また、作者は、鳥《バード》が現実に持っているはずの、何県何村出身何野何吉という正体を決して明かさない。それは、もしそうすれば例の球形世界がたちどころに崩れることを作者が知っているからで、そういう自己回避の上にしか組立てられぬというところが、『われらの時代』以後『個人的な体験』にいたる根本的な弱点である。

したがって、この小説の九八％かたは妄想の——いかにブリリアントなものであれ、やはり妄想の所産である。鳥《バード》は東京にもニューヨークにも存在せず、大江氏の自己回避の欲求のなかにしかいない。作者は、あたかも水族館のお魚のように、尾をふり、ひれをくねらし、時には交尾までしてみせるが、実は水族館のお魚に本当の「個人的な体験」というものはないのである。それが、たとえば土佐沖を泳いでいるかつおの群れの一匹にはあるとしても。

（「週刊朝日」一九六四年九月二十五日号）

私の好敵手

武田泰淳氏の説によると、批評家というものには敵が多いのだそうである。作家の批評家に対する憎悪ほど根の深いものはなくて、批評家がこうしてニコニコ笑っていられるのは、不思議なほどなのだそうである。「中村光夫やお前を見ると、よほど神経が太いのだなあと思うよ」と武田さんはいった。すると中村さんが温顔を崩して、「武田、そう憎むなよ」といった。武田さんは、少しあわてて、

「おれは別だよ」と自分を括弧に入れた。

そう敵が多くては、「好敵手」を探し出すにも手数がかかる道理である。それに、私は馬鹿正直で根が優しい人間なので、求めて他人を敵視したこともない。こちらが本心を吐露していると、自然に相手が敵にまわってくれるという仕掛けである。多分私は余程世間と折り合いが悪くできているのだろう。しかし、かつて折り合いがよかったためしがない以上、当方としては今更折り合いが悪いから困るという感想も持てないのである。それが

日常茶飯の常態だからである。

　そこで「好敵手」であるが、ここはひとまず世評に折り合って、大江健三郎とでもいうことにしておこうかと思う。大江と私のつきあいは、彼が「死者の奢り」で文壇に出た直後からだから、かれこれ十年近くになる。彼が『われらの文学』という全集本の自己解説に書いたところによると、私は最初の六ヵ月間は「最良の援軍」で、以後は「最悪の敵軍」にまわり今日にいたっているそうである。つまり最初の半年は自分の小説を賞めたが、それからほめなくなったという意味であろう。だが、そうかといって大江は、批評家が作家のそばについて、いつもバタバタうちわであおぐように、ほめそやしていてくれることを求めているわけでもあるまい。少なくともそんな前提で批評家を眺めているわけではあるまい。この一点に信頼が持てるので、大江健三郎は私にとって単なる「敵」ではなく、「好敵手」ということになるのである。

　しかし、本当のことをいえば、近頃私は大江の書くものよりも、大江という人間とたまに逢って話をしているほうが好きになった。大江は世間話の下手な男で、二六時中職業意識のかたまりのようなところがあるが、それでも彼がふとした拍子にもらす言葉の端ばしに、「好敵手」の「好敵手」たる所以を感じることがある。営業用の大江健三郎などは少しも面白くない。営業用の大江健三郎が「保守反動」の江藤淳をいくら攻撃しても、私は痛くもかゆくもない。そんな大江を私は少しも信じていないからである。

しかし、大江がアメリカ旅行に出かける前、送別の意味で亀清につれて行ったら、彼はにわかに夜店で買ったカエルの玩具をポケットからとり出して、若い芸者と遊びはじめた。その様子を眺めているうちに、私は思わず「ああ、いいなあ」と感じ入り、そばにいた婆さん芸者に「あの先生、いくつに見える?」と訊くと、彼女は「若先生? 若先生は二十三か四でしょ」といった。「それじゃおれはどうだい」といったら、「先生は四十すぎてますよ。決ってるじゃありませんか」とのたもうた。

だが、本当は大江は三十歳で私は三十二である。大江が若くて私がくたびれているのは、もちろん批評が労多く益少い仕事だからである。そういえば夜店で引いたおみくじには、大江は「社交的で人に好かれ出世する」とあり、私のは「馬鹿正直で筋を通すので人に憎まれる」とあった。運命は変えようのないものであるから大江はますます社交的に営業して望み通り多くの読者を得るであろう。私はますます筋を通してますます憎まれるであろう。そして大江と私は、いつまでたっても「好敵手」であろう。

(「エコノミスト」一九六六年一月四日号)

大きな兎

あれはまだ私が吉祥寺駅前のアパートに住んでいた頃だったから、随分前のことになると思う。大江や石原、羽仁進や浅利慶太などと、六、七人で飲んでいてひどく悪酔いしたことがあった。

なんでそんな酔い方をしたのか、今ではもう覚えていない。場所は当時麻布今井町にあったレンガ屋というフランス料理屋で、私は赤葡萄酒とウイスキイをチャンポンに飲みながら、例によって誰かれの見さかいなく勝手なことを言い散していたにちがいない。それともなにか心にうっくつするものがあって、声高に議論するにつれて妙に孤独な気分に堕ちこんで行ったのかもしれない。そのうちに帰りぎわが綺麗だというのが自慢だったのを思い出して、私は席を立った。店の前でふらふらしながらタクシイをひろおうとしていると、いつの間にか大江が傍に立っていて、

「江藤さん、ぼく一緒に帰る」

といった。

大江はその頃すでに成城に下宿していたので、帰る方向が同じだったというわけではない。ついて来たのは私の酔い方が尋常でないのを見兼ねてに決っていた。こいつまた気をつかいやがって、と思ったが同時にそれが嬉しくないこともなくて、私は大江が停めてくれたタクシイに素直に乗りこんだ。タクシイの中で大江と何を話したかも覚えていない。今井町から吉祥寺までは、深夜でも四十分以上はかかる道のりである。そのあいだにしたたか揺られて、私はますます気分が悪くなって行った。

アパートに着くと鉄の柵が閉っていた。それを乗りこえて内側から鍵をあけ、大江に礼をいったところまではよかった。次の瞬間に突然気がゆるんだのか、私はこみ上げて来る嘔吐をこらえられなくなって、立ったまま吐いた。吐いても吐いても嘔吐はとまらなかった。私は棒立ちのまま吐きつづけながら、なぜ自分は悲しいのだろう、いったい何に自分は耐えているのだろう、というようなことを思っていた。そういう断片的な想念もまた激しい嘔吐の発作におしやられて、意識が次第に薄れて行くのが感じられた。

気がつくと、大江が私をかかえるようにして、背中をさすりながら何かいっていた。それはこんなふうに聴えた。

「エッ、江藤、しっ、しっかりしろよ。エ、江藤、お前は堂々としてるなあ。しっ、しっかりしろ。だ、だいじょうぶか。江藤、お、お前は本当に堂々としてるなあ」

大江はほとんどひとりごとをいっているのであった。私が聴いているなしにはおかまいなく、吃りをまるだしにして、背中をさすってくれながらそうつぶやいていた。それを聴くうちに、私の両の眼に熱いものがあふれて来た。そういえば、大江が「お前」といったのも私を「江藤」と呼び捨てにしたのも、このときがはじめてだったような気がする。大江がそれをまるでひとりごとのようにいっているのがよかった。私はそのとき、大江の優しさが私を包むのを感じた。そう思うとそれに甘えているのは罪悪のように思われて、私は気をとり直し、あらためて大江に礼をいって別れを告げ、ふらふらしながら自分の部屋に戻った。

それから何年も経った。その間に私は大江の論敵になり、大江は私の論敵になった。しかしふとした拍子に、私はあの大江のつぶやきを幻聴のように聴くことがある。この間も銀座でひとりで飲んでいると、別席にいた大江が帰りがけにこちらを向いて、犬がチンチンするときのように胸の前にあげた右手で挨拶を送った。そのとき私はまた、「エッ、江藤、しっ、しっかりしろよ」というあのつぶやきが彼の手の先から聴えてくるような気がしたのである。その大江は、『空の怪物アグイー』に出て来る大きな兎に、本当によく似ていた。その幻影の兎にむかって、私は深くうなずいた。

（新潮社『大江健三郎全作品２』月報・一九六六年八月）

谷崎賞の二作品　安部公房『友達』と大江健三郎『万延元年のフットボール』

谷崎潤一郎賞が設置されて、今年で三年目になる。はじめは『細雪』や『少将滋幹の母』の作者にふさわしい円熟した古典的な作品を対象にするのかと思われたが、小島信夫『抱擁家族』（第一回）、遠藤周作『沈黙』（第二回）と現代的な問題作がつづけて選ばれて、おのずから中堅作家賞という性格を決定した。第三回にあたる今年度は、安部公房氏の戯曲『友達』と大江健三郎氏の長篇小説『万延元年のフットボール』がそろって受賞という結果になった。

安部氏の戯曲はすでに上演されて評判になったそうであるが、私は見逃してしまったのでその舞台効果を論じるわけにはいかない。一読したところ、これは先頃来日したパリのユシェット座の一枚看板、イオネスコの戯曲をほうふつさせる作柄である。さらにそこにはピランデルロの影がうっすらと投じられていないものでもない。私は、この『友達』の冒頭の八人の家族が登場する場面を読みながら、なんとなく「作者を探す六人の登場人物」の舞台を思い出した。私はそれをニューヨークで観たのである。

そういえば、『友達』がはなはだ現代的な戯曲であることは説明を要さないであろう。近々婚約者と式をあげる予定の男が、アパートの一室に住んでいる。無論ひとり暮しであるが、孤独に悩んでいるわけではない。そこへ祖母、父母、長男、次男、長女、次女、末娘から成る八人の奇怪な家族が侵入して来る。彼らは人間は孤独であってはならぬという信念を抱き、アパート住まいの男を「救い」にやって来たのである。

いざこの八人に侵入されてみると、男は彼らが「他人」であることを誰にも証明することができないのに愕然とする。このあたりは「隣は何をする人ぞ」という相互無関心のなかで暮している、今日の都市生活者の機微をついているかも知れない。この奇怪な八人はたちまちのさばりかえり、男と婚約者のあいだに疑惑を生じさせ、おかしな共同体的道徳で男をしばりあげ、ついに男を殺して、引きあげて行く。

作者は「個人」が生きられないことを諷しているかのようであり、かつ「不信」が現実であることを説いているかのようでもある。その限りで『友達』は、現代日本の都会生活の特徴を手際よく抽象化しているといえるかも知れない。しかしまたこの戯曲は、否定的な意味でもきわめて「現代」的である。すなわちなぜ「個人」が生きなければならぬかという理由がどこにも見当らず、「不信」の背後になければならぬはずの「信頼」の喪失感が欠落しているからである。

ひとりでいたいのに大家族に侵入されて邪魔だというのは、単に快・不快の判断にすぎない。登場人物はこの種の感覚的判断にしたがって行動することを許されるが、作者にはその判断を裏付けるべき「個人」に対する信念が必要であろう。「個人」のほうが共同体より現代的でハイカラだからというのでは、やはり少し困るであろう。イオネスコの「禿げた女歌手」はいわば哀切にしてコッケイである。この舞台では歌は歌われないが、観客の耳はある無言の歌を聴くことができる。これに対して安部公房氏の『友達』のほうはどうも荒涼としてかつコッケイの趣きがある。この舞台では歌が歌われるらしいが、作者の心の歌は私の耳には届いて来ないのである。

この事情は、ある意味では大江健三郎氏の『万延元年のフットボール』にも共通しているように思われる。この小説のテーマはいろいろに要約されるであろう。この「本当の事をいおうか」というルフランに要約されるであろう。この「本当の事」は、かならずしも推理小説の謎ときのようなかたちで示されなくてもよい。いわば「歌」、それも行間を充たす「歌」といってもいいようなものである。しかしこの小説では「歌」が聴え出すまでにひどく手間がかかる。しかもそれは聴え出したところで立ち消え、また聴えては立ち消えといったふうに断続する。なぜそうなるかといえば、それはおそらく作者の注意力が拡散し、姿勢は「本当の事」に傾けられているが、耳がおおむね外界の諸現象を追ってクルクルとまわされているからにほかならない。

作者はこの長篇執筆の途中におこなわれたインタービューで、この作品では「意識的に文体を変えている」という意味のことをいっていたと記憶する。この言葉が、大江氏の公式発言がしばしばそうであるように、そのまま額面通りには受取りかねるものであることはいうまでもない。たしかに前半は異常に読み辛く、あるいは「意識的」文体のせいかとも思われるが、雪に閉ざされた谷間でのスーパーマーケット掠奪事件以降になると、変えられたはずの文体が通常の大江氏の文体に逆戻りし、それとともに流露感があらわれて、明らかに小説は面白くなるからである。つまり作者は最初単に筆の渋滞に悩んでいたのであり、後半にいたって突然筆が滑り出す瞬間をむかえたのである。

　問題は、したがってこの筆の渋り、あるいは筆の滑りと「本当の事」との関係にあるということになるであろう。私にはどうも作者がいずれの場合にも「本当の事」に対する姿勢を決めかねているように思われてならない。鷹四と白痴の妹の相姦の記憶というような設定は模様のようなもので、いわばにせの「本当の事」にすぎない。蜜三郎が自分には「本当の事」はないと悟るのも、実はこのにせの「本当の事」の裏返しであって、問題の自覚ではなく回避にほかならない。したがって作者の力量は小説の構成とデザインにあげて傾注され、七百枚はむしろ「本当の事」に直面しようとした作者が、ついにその課題を果せずに苦闘して分泌した体液の跡とでもいった印象をあたえざるを得ない。

　大江氏の技倆が、この『万延元年のフットボール』で著しい進境を示していることは公正に認めなければならない。しかし極限すればそれは小説デザイナーとしての技倆であって、作家としての進境であるかどうかは私には疑問である。それなら氏が直面しなければならなかった「本当の事」とはなにか。それは人間をそれにもかかわらず生かすものはなにか、ということである。そしてそういう人間が、ひととともに生きるとはどういうことか、ということである。ひとつは「永遠」に関する問題であり、他は「社会」に関する問題である。

氏は実は小説のなかで一度だけこの「本当の事」に触れかけている。それは菜採子が蜜三郎に、「私たちが蜜のいうとおりに、とりかえしがつかないと認める時が来たら、私たちはお互いにもっと優しくなるかも知れないわ」という一節である〔第6章〕。ここにおそらく「本当の事」にうがち入る鍵があり、その重要性にくらべれば万延元年の一揆と敗戦当時の朝鮮人襲撃、それに安保騒動の記憶などという時事的・政治的モチーフは現代の好尚に投じるデザインとしての意味を有するにすぎない。作者がこの鍵を「自己回避」し、主人公の話題を転じさせているのは、それがいうまでもなく「個人的」な問題だからである。

『万延元年』で脆弱なのはこの「個人」の機軸である。それはいわば『友達』で機械的に設定されている「個人」とうらはらの関係にあるといってもよい。読者はこの小説のなかで執拗に反復されているのが、主人公の罪悪感と怯えであることを、それが共同体から離脱した者、あるいは離脱させられようとしているものの罪悪感と恐怖であることを、その濃密さにはもちろん作家その人の感情が投影されていることを思うべきであろう。この共同体が地上に在るものであるかぎり、この感情には「永遠」は訪れない。そして共同体が同化し、排斥するものとしてしかとらえられていないかぎり、そこからは人とともに生きるという課題は生れない。それが『万延元年のフットボール』と、デザイン上はそれと酷似する部分を有するウィリアム・フォークナーの小説とのちがいである。フォークナーの小説に「社会」があるかどうかについては疑問の余地もある。しかしそこに「永遠」の影は投じられている。その影を受けて、彼は「人の心を高めるために」書いたのである。

（「小説新潮」一九六七年十二月号）

大江健三郎氏のノーベル文学賞受賞

川端康成氏に続いて、大江さんがノーベル文学賞を受賞されたという知らせに接し、日本にとってまことに重大な社会的事件として慶賀にたえません。一文芸評論家として言えば、過去二十年以上、あるいは三十年近く、ほとんど大江さんの作品をよく読んでおりませんので、批評家としての意見は後日ゆっくり拝見した上で申し述べます。

（談話　「日本経済新聞」一九九四年十月十四日朝刊）

解説　「若い日本」の連隊旗手たち

平山周吉

江藤淳の旧制湘南中学（新制湘南高校）時代の仲間だった石原慎太郎が「太陽の季節」で芥川賞を受賞したのは昭和三十一年（一九五六）の一月だった。「経済白書」が「もはや戦後ではない」とご託宣を下す年である。一橋大学法学部四年生の石原は、すぐに当代一の人気作家・三島由紀夫と文芸誌「文學界」で対談「新人の季節」を行なった。三島は七歳年下の石原を温かく迎えている。

「この十年間いろいろ小説を書いてきて、みんな戦後文学の作家たちが佐官級になったわけだ。僕は万年旗手で、いつまで経っても連隊旗手をやっていたのだが、今度、連隊旗を渡すのに適当な人が見つかった。石原さんにぼろぼろの旗をわたしたい。それで石原さんの出現を嬉しくおもっている。この人なら旗手適任でしょう」（『三島由紀夫 石原慎太郎 全対話』中公文庫）

「連隊旗手」という比喩は軍隊を否定した平和な戦後日本ではわかりにくいが、要は若くて最も名誉ある任務を与えられた選ばれし人、といったような意味である。オリンピック選手団の「旗手」を思い浮かべればいい。文壇の旗手の役割を三島が石原に引き継いだのが、この対談だった。しかし、三島はこの後、市ヶ谷の自衛隊駐屯地で自決するまでの十五年間も旗手を続けたといえる活躍ぶりだった。バトンされた「文壇」連隊旗そのものも、翌年には石原の他にさらに二人の旗持ちが出現したのではないか。大江健三郎と江藤淳である。江藤が石原と大江について書いた文章を集めたオリジナル文庫『石原慎太郎・大江健三郎』を読むと、いち早く高度経済成長期に突入した、沸騰する文学事情、文壇事情が見えてくる。

江藤と大江が文壇に登場するのは、昭和三十二年（一九五七）である。慶大英文科在学中に『夏目漱石』論を出した江藤が「文學界」に「生きている廃墟の影」、「奴隷の思想を排す」と威勢のいい文芸評論を発表し、東大仏文科在学中の大江が「奇妙な仕事」で東大五月祭賞を受賞する。大江はその勢いのまま、昭和三十三年（一九五八）に「飼育」で芥川賞を受賞した。石原と江藤は昭和七年（一九三二）生まれ、大江は昭和十年（一九三五）生まれだから、みな二十代前半だった（江藤は一歳サバを読み、昭和八年生まれと公称していた）。「太陽族」と「慎太郎刈り」の生みの親である石原はともかく、彼らが新集団として社会的に認知されるのは、その年の「若い日本の会」結成である。

60年安保反対の前哨戦とされる「警職法（警察官職務執行法）」反対の大きな波のなかで、「若い日本の会」は生まれた。戦前戦時の暗い影を帯びていない、二十代の芸術家たちが立ち上がって声を挙げた。会の命名者は詩人の谷川俊太郎で、メンバーは豪華版である。作家では石原、大江、開高健、曽野綾子、歌人の寺山修司、「劇団四季」の浅利慶太、作曲家の武満徹、黛敏郎、映画監督の羽仁進など、後になれば呉越同舟だったと判明するオールスターキャストだった。うるさ型の評論家・大宅壮一は「若い日本の会」を「新しいマス・コミがつくり出した〝文壇芸能人〟のグループ」と揶揄した。この「若い日本の会」の世話役、仕掛人だったのが江藤で、本職は地味な文芸評論なのに、弁舌なめらかにスポークスマン役をつとめて、目立ったのである。

江藤の時代の風を読むプロデューサー的才能は、翌昭和三十四年（一九五九）にも発揮される。「三田文学」誌上で行なわれ、単行本にまとめられる『シンポジウム発言』である。小林秀雄、河上徹太郎らが企画して戦時下に行なわれたシンポジウム『近代の超克』を明らかに意識し、「怒れる若者たち」という異名もある面々が一堂に会して、騒然たるうちに新世代の主張をぶち上げるという企画だった。司会・進行は江藤で、石原、大江、谷川、浅利、武満、羽仁の他に作家の城山三郎と山川方夫、テレビ演出家の吉田直哉が参加した。活字版「朝まで生テレビ」とでも思ってもらえばいいだろうか（そうすると、江藤は田原総一朗になってしまうが）。出席者十人のうち、吉田以外は「若い日本の会」が警職法反対の声明を出した時に集まったメンバーだった。江藤はその時の「音頭取りの一人」として話している。

「一個の文筆家だけれど、こういう仕事をえらんでいる人間が、ああいうような政治的な状況が極点に達したときにできる行為というのは、自分の仕事を通じて以外にはあり得ないと思う。（略）われわれには物を書いて発表するという機会があるし、それに付随した責任もある。反対するならそこからしか絶対に反対したくない。武満さんが音楽家として参加したように、文筆家というものに固執して独自の反対運動を考えてみる必要がある。それも画一的なデモ行進に参加する以外のやりかたがあると思った。そういうことをみんなに相談したところが、意外なほどいろいろな人々が集まった。ぼくはすこし感動して、つまらない要請がこれだけに発展するものかと思って驚いた」

わずか一年前の「感動」は『シンポジウム発言』にはなかった。江藤は同世代の若い表現者への「幻滅」を苛立たしく、露骨に文字にする（本書所収の「今はむかし・革新と伝統」、「生活の主人公になること」など）。「蜜月」の終わりは、大江の『われらの時代』と石原の「ファンキー・ジャンプ」に既にあらわれていた。シンポジウムは江藤の「危惧」を確認する作業となってしまった。その延長線上に、日米安保改定の年、一九六〇年を迎える。

江藤たちの「若い日本の会」も活発な安保批判の運動を起こすが、江藤の立場は微妙で、「安保反対」ではなく、あくまでも「安保批判」であった。「若い日本の会」の運動も、安保が自動延長となる六月十五日よりも早くに自然解散させている。江藤淳は六〇年の段階で「転向」したと批判されるが、もし「転向」云々を問題にするのならば、一年前の『シンポジウム発言』の時点を注視すべきだろう。江藤自身は後年、六〇年を回想している。「あのとき一ヵ月という短期間のあいだに、私はあまりにも多くのことがらを目撃し、かつ経験した。そのすべてが、私の内部で整理し尽されているわけではない。もう二十年にもなろうという昔のことだというのに、私はいまだに、安保騒ぎとはなんだったのかという問に対して、明確な答を得ることができずにいる有様である」（「文反古と分別ざかり」『戦後と私・神話の克服』中公文庫版に所収）

この回想は、他ならぬ大江健三郎批判、それも「戦後民主主義者」大江批判であった。大江は江藤を、最初の六ヵ月間は「最良の援軍」、それ以後はずっと「最悪の敵軍」と評した。江藤・大江が二人で責任編集した全二十二巻の文学全集『われらの文学』の大江健三郎集（昭和四十年、講談社）に大江が書き下したエッセイ「私の文学」にある江藤評だ（その巻の江藤による解説が本書所収の「自己回復と自己処罰」）。この「敵軍」江藤と「好敵手」大江が決定的に「絶交」となるのが一九六八年（昭和四十三年）である。同年新年号の「群像」に二人の対談「現代をどう生きるか」が掲載された。江藤の『成熟と喪失――〝母〟の崩壊』と、大江の『万延元年のフットボール』が話題を集めている時であった。江藤は『万延元年のフットボール』を「ぼくにとってはあれは存在しなくてもいいような作品」とほぼ全否定して、二人の対立は決定的となった。大江は「三田文学」二月号のインタビューで、「江藤さんとの対談はもうごめんこうむるつもりです」、「お互いに必要でない作家・批評家として、遠方で静観しようと思っています」と訣別を宣言した。その年には、石原は参議院選挙に自民党公認で立候補し、三百万票を獲得して全国区トップ当選を果たす。石原は「行動」の世界へ転身した。一九六八年が学生叛乱の最盛期であり、戦後日本が大きく変化した年であることを思い合わせると、石原、大江、江藤という三人の「連隊旗手」はここでそれぞれの道へと別れていった。

本書巻頭の「知られざる石原慎太郎」は石原の当選直後に、江藤が「婦人公論」に書いたエッセイだ。石原、大江、江藤の三人が「まわり持ちで飯を食う会をやっていた」という嘘のような本当のエピソードから始まるこの軽妙な文章は、江藤の生前には単行本に収録されなかったが、石原と大江の人物像が江藤の筆で鮮やかに描写されている。江藤と大江の「絶交」も、江藤の石原論、大江論もこの一文を併せ読むと、見え方が変わってくることだろう。参考に記しておけば、三人ともすでにデビュー以来十年の仕事を著作集としてまとめている。『石原慎太郎文庫』（全八巻、河出書房新社）、『大江健三郎全作品』（全六巻、新潮社）、『江藤淳著作集』（全六巻、講談社）で、どれもが箱入りの瀟洒で、ハンディな造本である。若き「連隊旗手」の記念碑といえよう。

一九六八年を境に、三人はどんどん違った道を歩んでいく。三人が開高健も交え、久しぶりに再会して歓談するのは、「新潮」一千号記念の座談会「文学の不易流行」（「新潮」昭和63・5）である。石原は当時、竹下登内閣の運輸大臣、大江はまだノーベル文学賞に届いていない。再会が昭和の終焉を目前にした時期だったことも常に時代を代表してきた彼らしい。

それからさらに十一年後、一九九九年（平成十一年）に江藤は自死した。東京都知事だった石原は江藤を追悼する文章を残し、本葬では弔辞を読んだ。大江が江藤を追悼することはなかったが、私見では、江藤の死後十年がたってから小説『水死』で江藤を弔っている（拙著『江藤淳は甦える』参照）。「戦後民主主義者」大江は江藤の死を侮蔑したが、小説家大江はそうではなかった。

石原と大江と江藤は資質を異にしながらも、同時代に生きて、それぞれに重なる部分も大きかった。若い江藤が書いた文芸評論「神話の克服」（『戦後と私・神話の克服』に所収）は時代精神の体現者として、石原と大江を評価した。「若い日本の会」もまだ結成されていない時に、江藤は石原、大江（そして三島）の文学者としての資質を指摘していた。彼らは「民族のもっとも深い恥部」に触れているとして。

「連隊旗手」は、その「恥部」に触れていることを資格とするだろう。石原の連隊旗には「大衆の無意識のエネルギー」が、大江の連隊旗には「戦後民主主義」の表と裏が、そして江藤の連隊旗には「敗戦と占領の憤激」が刻されている。三人の作品が古びない理由はここにある。

（ひらやま・しゅうきち　雑文家）

編集付記

一、本書は著者の石原慎太郎と大江健三郎に関する全評論・エッセイを一冊にしたものである。中公文庫オリジナル。

一、編集にあたり、江藤淳『石原慎太郎論』(作品社、二〇〇四年)と中央公論編集部編『江藤淳1960』(中央公論新社、二〇一一年)を底本とした。上記に未収録の作品は『江藤淳著作集』(講談社)および初出に拠った。

一、底本中、明らかな誤植と考えられる箇所は訂正した。長篇小説、書籍名は『 』、短篇小説、新聞・雑誌名は「 」で表した。

一、本文中、今日の人権意識に照らして不適切な語句や表現が見られるが、発表当時の時代背景と作品の文化的価値に鑑みて、底本のままとした。

中公文庫

石原慎太郎《いしはらしんたろう》・大江健三郎《おおえけんざぶろう》

2021年5月25日　初版発行

著　者　江《え》　藤《とう》　淳《じゅん》

発行者　松田陽三

発行所　中央公論新社

〒100-8152　東京都千代田区大手町1-7-1
電話　販売 03-5299-1730　編集 03-5299-1890
URL http://www.chuko.co.jp/

ＤＴＰ　ハンズ・ミケ
印　刷　三晃印刷
製　本　小泉製本

Published by CHUOKORON-SHINSHA, INC.
Printed in Japan　ISBN978-4-12-207063-9 C1195

中公文庫既刊より

各書目の下段の数字はISBNコードです。978-4-12が省略してあります。

な-73-3
鷗外先生　荷風随筆集　永井荷風
師・森鷗外、足繁く通った向島・浅草をめぐる文章と、自伝的作品を併せた文庫オリジナル編集。巻末に谷崎潤一郎、正宗白鳥の批評を付す。〈解説〉森まゆみ
206800-1

な-73-1
麻布襍記《あざぶざつき》　附・自選荷風百句　永井荷風
東京・麻布の偏奇館で執筆した小説「雨瀟瀟」「雪解」、随筆「花火」「偏奇館漫録」等を収める抒情的散文集。初の文庫化。〈巻末エッセイ〉須賀敦子
206615-1

な-73-2
葛飾土産　永井荷風
石川淳が「戦後はただこの一篇」と評した表題作ほか、短篇・戯曲・随筆を収めた戦後最初の作品集。久保田万太郎の同名戯曲、石川淳「敗荷落日」を併録。
206715-8

な-73-4
小説集　吉原の面影　永井荷風／樋口一葉／広津柳浪／泉鏡花
荷風に誘われて遊里をゆく。永井荷風「里の今昔」、樋口一葉「たけくらべ」、広津柳浪「今戸心中」、泉鏡花「註文帳」を収録。文庫オリジナル。〈解説〉川本三郎
206936-7

て-8-3
漱石先生　寺田寅彦
自他共に認める別格の弟子が文豪の素顔を親愛の情を籠めて綴る。高等学校での出会いから周辺に集う人々まで。文庫オリジナル。〈巻末エッセイ〉中谷宇吉郎
206908-4

い-38-4
太宰治　井伏鱒二
師として友として太宰治と親しくつきあった井伏鱒二。二十年ちかくにわたる交遊の思い出や作品解説など太宰に関する文章を精選集成。〈あとがき〉小沼丹
206607-6

ひ-37-2
百鬼園先生雑記帳　附・百閒書簡註解　平山三郎
「百閒先生日暦」「『冥途』の周辺」ほか阿房列車でお馴染み〈ヒマラヤ山系〉による随筆と秘蔵書簡への詳細な註解。百鬼園文学の副読本。〈解説〉田村隆一
206843-8

お-2-13
レイテ戦記（一）
大岡昇平
太平洋戦争の天王山・レイテ島での死闘を再現した戦記文学の金字塔。毎日芸術賞受賞。巻末に講演「『レイテ戦記』の意図」を付す。〈解説〉大江健三郎
206576-5

お-2-14
レイテ戦記（二）
大岡昇平
リモン峠で戦った第一師団の歩兵は、日本の歴史自身と戦っていたのである――インタビュー「『レイテ戦記』を語る」を収録。〈解説〉加賀乙彦
206580-2

お-2-15
レイテ戦記（三）
大岡昇平
マッカーサー大将がレイテ戦終結を宣言後も、徹底抗戦を続ける日本軍。大西巨人との対談「戦争・文学・人間」を巻末に新収録。〈解説〉菅野昭正
206595-6

お-2-16
レイテ戦記（四）
大岡昇平
太平洋戦争最悪の戦場を鎮魂の祈りを込め描く著者渾身の巨篇。巻末に「連載後記」、エッセイ「『レイテ戦記』を直す」を新たに付す。〈解説〉加藤陽子
206610-6

お-2-11
ミンドロ島ふたたび
大岡昇平
自らの生と死との彷徨の跡。亡き戦友への追慕と鎮魂の情をこめて、詩情ゆたかに戦場の島を描く。『俘虜記』の舞台、ミンドロ、レイテへの旅。〈解説〉湯川　豊
206272-6

お-2-18
成城だより　付・作家の日記
大岡昇平
文学、映画、漫画……闊達に綴った日記文学。一九七九年十一月から八〇年十月まで。「作家の日記」を併録。全三巻。〈巻末付録〉小林信彦・三島由紀夫
206765-3

お-2-19
成城だよりⅡ
大岡昇平
六十五年を読書にすごせし、わが一生、本の終焉と共に終らんとす――。大いに読み、書く日々。一九八二年一月から十二月まで。〈巻末エッセイ〉保坂和志
206777-6

お-2-20
成城だよりⅢ
大岡昇平
とにかくひどい戦後四十年目だった――。防衛費一％枠撤廃、靖国参拝……戦後派作家の慷慨。一九八五年一月から十二月まで。全巻完結。〈解説〉金井美恵子
206788-2

各書目の下段の数字はISBNコードです。978-4-12が省略してあります。

お-2-17
小林秀雄 大岡昇平
親交五十五年、評論から追悼文まで「人生の教師」であった批評家の詩と真実を綴った全文集。巻末に小林との対談収録。文庫オリジナル。〈解説〉山城むつみ
206656-4

お-2-12
大岡昇平 歴史小説集成 大岡昇平
「挙兵」「吉村虎太郎」など長篇『天誅組』に連なる作品群ほか、「高杉晋作」「竜馬殺し」「将門記」など戦争小説としての歴史小説全10編。〈解説〉川村 湊
206352-5

よ-5-8
汽車旅の酒 吉田健一
旅をこよなく愛する文士が美酒と美食を求めて、金沢へ、そして各地へ。ユーモアに満ち、ダンディズムが光る汽車旅エッセイを初集成。〈解説〉長谷川郁夫
206080-7

よ-5-11
酒 談 義 吉田健一
少しばかり飲むというの程つまらないことはない——。飲み方から各種酒の味、思い出の酒場まで、ユーモラスに綴る究極の酒エッセイ集。文庫オリジナル。
206397-6

よ-5-10
舌鼓ところどころ／私の食物誌 吉田健一
グルマン吉田健一の名を広く知らしめた「舌鼓ところどころ」、全国各地の旨いものを紹介する「私の食物誌」。著者の二大食味随筆を一冊にした待望の決定版。
206409-6

よ-5-12
父のこと 吉田健一
ワンマン宰相はワンマン親爺だったのか。長男である著者の吉田茂に関する全エッセイと父子対談「大磯清談」を併せた待望の一冊。吉田茂没後50年記念出版。
206453-9

よ-5-9
わが人生処方 吉田健一
独特の人生観を綴った洒脱な文章から名篇「余生の文学」まで。大人の風格漂う人生と読書をめぐる随想集。吉田暁子・松浦寿輝対談を併録。文庫オリジナル。
206421-8

み-9-15
文章読本 新装版 三島由紀夫
あらゆる様式の文章・技巧の面白さ美しさを、該博な知識と豊富な実例と実作の経験から詳細に解明した万人必読の書。人名・作品名索引付。〈解説〉野口武彦
206860-5

み-9-11
小説読本
三島由紀夫
作家を志す人々のために「小説とは何か」を解き明かし、自ら実践する小説作法を披瀝する、三島由紀夫による小説指南の書。〈解説〉平野啓一郎
206302-0

み-9-12
古典文学読本
三島由紀夫
「日本文学小史」をはじめ、独自の美意識によって古今集や能、葉隠まで古典の魅力を綴った秀抜なエッセイを初集成。文庫オリジナル。〈解説〉富岡幸一郎
206323-5

み-9-13
戦後日記
三島由紀夫
「小説家の休暇」「裸体と衣裳」ほか、昭和二十三年から四十二年の間日記形式で発表されたエッセイを年代順に収録。三島による戦後史のドキュメント。
206726-4

み-9-14
太陽と鉄・私の遍歴時代
三島由紀夫
三島文学の本質を明かす自伝的作品二編に、自死直前のロングインタビュー「三島由紀夫最後の言葉」（聞き手・古林尚）を併録した決定版。〈解説〉佐伯彰一
206823-0

み-9-9
作家論 新装版
三島由紀夫
森鷗外、谷崎潤一郎、川端康成ら作家15人の詩精神と美意識を解明。『太陽と鉄』と共に「批評の仕事の二本の柱」と自認する書。〈解説〉関川夏央
206259-7

み-9-10
荒野より 新装版
三島由紀夫
不気味な青年の訪れを綴った短編「荒野より」、東京五輪観戦記「オリンピック」など、〈楯の会〉結成前の心境を綴った作品集。〈解説〉猪瀬直樹
206265-8

み-9-16
谷崎潤一郎・川端康成
三島由紀夫
世界的な二大文豪を三島由紀夫はどう読んだのか。両者をめぐる批評・随筆を初集成した谷崎・川端文学への最良の入門書。文庫オリジナル。〈解説〉梶尾文武
206885-8

み-9-17
三島由紀夫 石原慎太郎 全対話
三島由紀夫
石原慎太郎
一九五六年の「新人の季節」から六九年の「守るべきものの価値」まで初収録三編を含む全九編。七〇年の士道をめぐる論争、石原のインタビューを併録する。
206912-1

各書目の下段の数字はISBNコードです。978－4－12が省略してあります。

え-3-2
戦後と私・神話の克服
江藤　淳
癒えることのない敗戦による喪失感を綴った表題作ほか「小林秀雄と私」など一連の「私」随想と代表的な文学論を収めるオリジナル作品集。〈解説〉平山周吉
206732-5

こ-14-2
小林秀雄　江藤淳　全対話
小林　秀雄
江藤　淳
一九六一年の「美について」から七七年の大作『本居宣長』をめぐる対論まで全五回の対話と関連作品を網羅する。文庫オリジナル。〈解説〉平山周吉
206753-0

よ-15-9
吉本隆明　江藤淳　全対話
吉本　隆明
江藤　淳
二大批評家による四半世紀にわたる全対話を収める。『文学と非文学の倫理』に吉本のインタビューを増補し改題した決定版。〈解説対談〉内田樹・高橋源一郎
206367-9

よ-15-10
親鸞の言葉
吉本　隆明
名著『最後の親鸞』の著者による現代語訳で知る親鸞思想の核心。鮎川信夫、佐藤正英、中沢新一との対談を収録。文庫オリジナル。〈巻末エッセイ〉梅原　猛
206683-0

や-1-2
安岡章太郎　戦争小説集成
安岡章太郎
軍隊生活の滑稽と悲惨を巧みに描いた長篇「遁走」ほか、短篇五編を含む文庫オリジナル作品集。巻末に開高健との対談「戦争文学と暴力をめぐって」を併録。
206596-3

や-1-4
私の濹東綺譚　増補新版
安岡章太郎
名作の舞台と戦争へと向かう時代を合わせて読み解く、昭和の迷宮への招待状。評論「水の流れ」を増補し、荷風『濹東綺譚』を全編収載。〈解説〉高橋昌男
206802-5

ふ-22-4
編集者冥利の生活
古山高麗雄
安岡章太郎「悪い仲間」のモデル、『季刊藝術』の同人として知られた芥川賞作家の自伝的エッセイ&交友録。表題作ほか初収録作品多数。〈解説〉荻原魚雷
206630-4

く-26-1
石原慎太郎を読んでみた　入門版
栗原裕一郎
豊﨑　由美
『太陽の季節』から『天才』まで、膨大な作品群を人気書評家二人が繙き、語り、その真価に迫る！　受けて立つ⁉　石原慎太郎氏本人との鼎談も収録。
206521-5